D1282097

Les miniAtomix

LE PIC D'ARGON

Dans la série Les miniAtomix

Dē BERGERON

LE PIC D'ARGON

MICHEL BRÛLÉ

MICHEL BRÛLÉ

4703, rue Saint-Denis
Montréal, Québec H2J 2L5
Téléphone : 514 680-8905
Télécopieur : 514 680-8906
www.michelbrule.com

Maquette de la couverture et mise en pages : Roxane Vaillant
Illustrations : Boris Stoilov, Christian Bougie, Annie Cossette, Isabelle
　　　　　　　 Lamoureux
Révision : Annie Talbot
Correction : Roger Magini

Distribution : Prologue
1650, boul. Lionel-Bertrand
Boisbriand, Québec J7H 1N7
Téléphone : 450 434-0306 / 1 800 363-2864
Télécopieur : 450 434-2627 / 1 800 361-8088

Distribution en Europe : D. N. M. (Distribution du Nouveau Monde)
30, rue Gay-Lussac
F-75005 Paris, France
Téléphone : 01 43 54 50 24
Télécopieur : 01 43 54 39 15
www. librairieduquebec.fr

Les éditions Michel Brûlé bénéficient du soutien financier de la
SODEC, du Programme de crédits d'impôt du gouvernement du
Québec et sont inscrites au Programme de subvention globale du
Conseil des Arts du Canada. Nous reconnaissons l'aide financière du
gouvernement du Canada par l'entremise du Programme d'aide au
développement de l'industrie de l'édition (PADIÉ) pour nos activités
d'édition.

*Conseil des arts
et des lettres*
Québec ✛ ✛
　　　　✛ ✛

Bibliothèque et Archives nationales du Québec
Bibliothèque nationale du Canada
ISBN 13 : 978-2-89485-397-9

*À Jeanne, pour son rôle de grande
sage dans le Mini-monde Bergeron*

Résumé du troisième tome
Les premiers maîtres d'Octet

Suivant les instructions d'Ura pour combattre la puissance de Technétium, Hydro, nul autre que Tom, tente de réunir le *savoir* détenu par les maîtres d'Octet. Pour réussir sa quête, il doit parcourir les quatre coins du Pays de Möle. En compagnie d'Héli et de ses amis, ils ont visité Néon le dragon sur la montagne de Feu, puis Krypton le canard sur le mont Nimbus. Hydro possède donc deux pièces importantes du *savoir* : le feu et l'eau. Entre ses entraînements de sauts quantiques, Mouch a aussi commencé une petite mission personnelle : il doit regrouper les ingrédients qui entrent dans la fabrication de l'élixir d'invincibilité. L'électron n'est cependant pas seul à s'intéresser à ce breuvage spécial. Prêt à tout pour mettre la main sur la recette, Technétium a fait enlever Ura, le vieux radioAtomix. Dans le Macro-monde, l'inspecteur Martin Ω Ohms ne trouve aucune trace de déchets toxiques enfouis sous le parc-bulle. Les enfants auraient-ils inventé toute cette histoire ?

Tek, en fouillant dans les vieux souvenirs de sa grand-mère, trouve une photo de lui qui date d'une époque ancienne. Comment est-ce possible? L'étrange garçon viendrait-il du passé?

Chapitre 1
L'épidémie de crépitite

Ce matin-là, assis à leur pupitre, les élèves dérivent sur un immense iceberg. Les murs de la classe, y compris le plancher et le plafond, projettent les images d'un magnifique paysage de l'Antarctique. Devant eux, des pingouins se précipitent joyeusement tête première dans la mer, pour ensuite remonter sur le glacier en bondissant hors de l'eau. Il fait un soleil radieux. Pour l'occasion, l'ordinateur de la classe génère même un petit vent frais.

Madame Rachel, leur enseignante, s'adresse aux enfants :

– L'Antarctique est le moins pollué des cinq continents de la planète, mais il n'est pas à l'abri de toute catastrophe. Les glaciers fondent de plus en plus rapidement. Regardez à votre gauche.

Madame Rachel appuie sur un bouton pour actionner la simulation. Un immense pan se détache du glacier et se fracasse bruyamment dans la mer en provoquant un raz de marée qui submerge les pingouins.

— Nous allons maintenant nous rendre au-dessus du lac Vostok. Ce lac n'est pas comme les autres. Il est même plutôt fascinant ! Il est enfoui sous quatre kilomètres de glace et n'a pas vu la couleur du jour depuis la dernière glaciation. Ce n'est pas le seul, il existe plusieurs lacs subantarctiques répartis un peu partout sous le continent blanc.

Au lieu d'écouter, Sabine jette des coups d'œil à gauche, à droite, puis pianote discrètement sur le clavier de son ordinateur. Elle déborde de joie en découvrant que sa correspondante française s'est connectée sur le réseau et veut communiquer avec elle.

« Bonjour Sabine, es-tu là ? »

Malgré l'interdiction, Sabine lui répond aussitôt.

« Amélie, contente d'avoir de tes nouvelles. » écrit-elle.

« Quoi de neuf ? » répond Amélie.

« Oh, il s'est passé des tas de choses depuis ce matin. Te souviens-tu de cette histoire de déchets toxiques dont je t'ai parlé ? Eh bien, c'étaient juste des inventions, finalement. Il n'y a jamais rien eu sous le parc-bulle ! »

« Ah bon ? Pourquoi dis-tu ça ? »

« Éli en a parlé à ses parents, ils ont envoyé un inspecteur qui a tout fait fouiller, mais les policiers n'ont rien trouvé : pas de déchets ni de rats géants. »

Amélie ne répond pas tout de suite. Inquiète, Sabine croit que la communication a été coupée. Pendant ce temps, madame Rachel poursuit sa leçon et explique que les glaces de l'Antarctique emprisonnent une multitude de petits organismes.

– Des vers, des bactéries… Comme ces glaces se sont formées il y a très longtemps et que les organismes ont été emprisonnés à la même époque, on peut dire, d'une certaine manière, qu'ils viennent du passé.

Ouf ! Des mots apparaissent sur l'écran personnel de Sabine.

« Il me semblait bien que ça ne se pouvait pas, ton histoire de rats géants. Quand même ! » finit par répondre Amélie.

À cause du ton un peu sec, Sabine pense que son amie est fâchée contre elle.

« Hé ! Je n'ai rien à voir là-dedans. C'est une invention des jumeaux et de Tom. Là, ils ont perdu la face, plus personne ne va les croire à présent… Mais ils n'ont pas dit leur dernier mot. Les jumeaux veulent prouver qu'ils ont dit la vérité. »

« Ah bon ? la questionne Amélie. Et comment vont-ils s'y prendre ? »

« Magalie et Charly ont l'intention de retourner au parc-bulle ce soir. Ils veulent ramener des preuves et disent qu'ils savent exactement où et quoi chercher. J'ai vraiment... »

Mais la petite fille est interrompue au milieu de sa phrase par une question de madame Rachel :

— Et toi, Sabine, as-tu des commentaires à faire sur les bactéries fossiles de l'Antarctique ?

— Heu, l'Antarctique... ce n'est pas, heu... au pôle Nord ? bafouille Sabine qui n'a compris que le dernier mot de la question.

Pour ne pas être prise en faute, elle referme son ordinateur en douce, espérant que son geste passe inaperçu.

— Pas vraiment, non, se désole madame Rachel qui comprend que la petite fille n'a rien écouté depuis le début. L'Antarctique se situe plutôt au pôle Sud. Je demandais si...

— Est-ce qu'on peut dire que plus on creuse dans les couches de glaces, plus les organismes qu'on y trouve sont anciens ? l'interrompt Tek.

Gagné par l'excitation, le garçon ne se rend pas compte qu'il vient de couper la parole à madame Rachel (et de sortir Sabine de l'embarras !).

— Tout à fait. Les couches de glaces ont par endroits plusieurs kilomètres d'épaisseur.

Les glaces au-dessus sont les plus récentes alors que les couches du dessous sont très, très anciennes et, à certains endroits, datent de plusieurs millions d'années.

La classe fait entendre un « oh ! » impressionné.

– Alors en creusant, c'est un peu comme si on remontait dans le temps ? poursuit Tek avec fébrilité.

– Si on veut, oui.

– Et ces organismes très très anciens sont-ils encore vivants ?

– Certaines bactéries, oui ! On les appelle des extrêmophiles, parce qu'elles survivent à des conditions mortelles pour la plupart des organismes vivants.

Depuis qu'il a trouvé parmi les vieux souvenirs de sa grand-mère cette photographie de lui datant d'une époque ancienne, Tek est persuadé qu'il vient du passé et se passionne donc pour tout ce qui touche aux voyages dans le temps.

« C'est comme si ces bactéries préhistoriques avaient voyagé dans le temps jusqu'à nous ! conclut Tek pour lui-même. La congélation permet en quelque sorte de voyager dans le futur… J'ai peut-être été conservé dans la glace depuis l'époque de cette photo ancienne.

Mais pourquoi ? Ah ! Si seulement je retrouvais la mémoire ! » rage-t-il intérieurement.

En effet, ses premiers vrais souvenirs remontent à son arrivée chez Actinia, au début de l'année scolaire. À part quelques images éparses qui datent d'avant – un curieux séjour dans un endroit blanc et froid justement –, il n'y a qu'un immense trou noir…

Durant la récréation, Éli et Tom s'empressent de retrouver Nadine, les jumeaux et Nazora. Ils forment un cercle autour de l'Œil de cristal, cette merveilleuse lentille magique qui leur permet de voyager dans le Minimonde. L'un après l'autre, ils *pouffent* dans l'univers des miniAtomix. Sabine, venue les rejoindre en dernier, se penche aussi sur la lentille transparente et, l'instant d'après…

MMMMMMMMMMMMMMMMMMMMMMM

Même si, actuellement, la pieuvre avance péniblement sous un soleil torride, Sabine se retrouve avec plaisir dans le corps d'Antimoine.

– Je donnerais tout pour rafraîchir mes tentacules dans les remous de la rivière Apprivoisée, se plaint la pieuvre en piétinant le sable brûlant. Quelle idée saugrenue de venir s'installer dans un coin pareil !

Le petit groupe dont elle fait partie, qui comprend également Héli, Azote, Sod et les deux félins[1], a quitté les abords de la rivière Apprivoisée depuis quelques heures et se dirige vers le village des Frontaliers du nord, situé au milieu du désert aride.

– Tes désirs sont des ordres, fait remarquer Sod, la petite guenon, à Antimoine. Regarde à ta droite !

Effectivement, comme pour répondre au souhait de la pieuvre, un plan d'eau miroite à l'horizon. La pieuvre part aussi vite qu'elle peut mais à mesure qu'elle avance, l'eau recule. Devant la mine déconfite d'Antimoine, la petite guenon-farceuse-et-pas-toujours-drôle ne peut pas s'empêcher d'éclater de rire.

– Un mirage joueur de tour ! Ce désert me plaît bien.

– Nous arrivons ! Je vois le village, annonce Héli la petite fée du haut des airs en coupant court aux taquineries de Sod.

– À moins qu'il ne s'agisse d'un autre mirage, suggère cette dernière.

Mais le village est bel et bien réel et les miniAtomix restent bouche bée devant la beauté qui s'étale sous leurs yeux quand ils

---

1. Autrement dit les alter ego d'Éli, de Nazora, de Nadine, de Charly et de Magalie.

parviennent au sommet de la dune. Suspendu dans les airs par quatre énormes montgolfières dorées aussi brillantes que des soleils, le village oscille doucement à quelques mètres au-dessus du sable.

En s'approchant, ils constatent que les maisons sont construites en bois comme au village des Frontaliers du sud. Cependant, contrairement à celles du sud, elles ne sont pas peintes ; le bois a conservé ici ses belles teintes naturelles.

– Comme c'est joli ! s'extasie Héli. Tout est doré ici.

– Joli peut-être, mais quelque chose ne tourne pas rond, fait remarquer la toujours vigilante Azote dont les serpents sont dressés sur sa tête en forme de points d'interrogation. Il n'y a pas un chat. On dirait un village fantôme…

La méduse a raison ! Les abords du village sont étrangement déserts…

– Après le désert, un village désert, lance Sod à la blague.

– On ne devrait peut-être pas aller plus loin… s'inquiète Antimoine qui redoute de tomber dans un guet-apens. Et si… et si le village avait été attaqué par des métaAtomix ? Ils sont peut-être même encore là !

– En tout cas, chat ou pas, fait savoir Cal avec détermination, moi j'y vais !

Rien ne pourrait le retenir. En effet, depuis la veille, le chat jaune se ronge d'inquiétude pour ses électrons qui émettent des crépitements lugubres.

— Mes petits ont besoin de soins.

— Personne n'est obligé de nous suivre, déclare Mag, toujours solidaire, en s'avançant résolument à côté de Cal dans l'espace sous le village.

Les autres miniAtomix s'engagent aussi derrière eux en se serrant les uns contre les autres pour se donner du courage. Ils avancent avec précaution, l'oreille aux aguets. Et juste comme ils arrivent au puits donnant accès au village – tout se passe tellement vite qu'ils n'ont pas le temps de réagir! –, ahhhhhh! le sol s'effondre sous eux et, à l'exception d'Héli, ils tombent en bloc au fond d'un trou profond.

— Est-ce que tout le monde va bien? s'informe la petite fée qui vient les rejoindre en deux battements d'ailes.

— C'est malin! grommelle Sod quand elle reprend son souffle. Des branches recouvertes de sable, un faux sol… le plus élémentaire des pièges! Après ceux du mont Nimbus et de la montagne de Feu, on devrait pourtant être habitués. Mais non, on se fait avoir comme des débutants.

— Je vais chercher du secours au village.

— Sois prudente, Héli! Il y a peut-être des métas là-haut.

Mais la petite fée a déjà disparu. Elle vole jusqu'à la place centrale du village, elle aussi déserte… Elle entreprend d'explorer les lieux, rue après rue, maison par maison. Vides! Où sont donc les habitants du village?

Elle arrive en vue d'un bâtiment plus grand que les autres… Des voix lui parviennent de l'intérieur. Héli s'avance sans faire de bruit. Battant des ailes au ralenti, elle vole jusqu'à une fenêtre du premier et jette un coup d'œil discret à l'intérieur. Des miniAtomix vêtus de blanc circulent dans tous les sens, dans le désordre le plus complet.

Tandis qu'Héli tente de porter secours à ses amis prisonniers de la fosse, Hydro et Cobalt[2] se demandent où continuer leur recherche…

Depuis le matin, ils ont péniblement parcouru les flancs du mont Nimbus en remontant jusqu'aux neiges éternelles.

– Je ne sais pas si on les retrouvera… soupire Hydro, rongé par le doute.

---

2. Tom et Coralie, il va sans dire.

En redescendant de chez Krypton, maître du quatrième Octet, Oxy et Chlore, chaussés de skis, avaient pris les devants, filant à grande vitesse. Quand Hydro était arrivé au bas de la montagne, il n'avait trouvé aucune trace du centaure ni de l'éléphant.

Après avoir attendu en vain et, devant l'état critique des électrons de Cal, les miniAtomix avaient décidé de se séparer ; un groupe se rendrait sans tarder au village des Frontaliers du nord pour consulter les sages, tandis qu'Hydro et Cobalt resteraient au mont Nimbus. Rendez-vous était donné au village des Frontaliers du nord.

Assis dans la neige, le miniAtomix et l'androïde regardent le paysage qui s'étend à perte de vue : un glacier entrecoupé de ravins profonds et d'escarpements rocheux, le tout recouvert d'une épaisse couche de neige. Oxy et Chlore pouvaient être n'importe où, prisonniers d'une avalanche ou tombés au fond d'une crevasse... Comment les trouver dans cette immensité ?

Le cœur de Cobalt se serre en pensant qu'elle ne reverra peut-être jamais son cher Oxy. Hydro se laisse aussi envahir par le découragement tant la tâche lui paraît impossible. « Si au moins on pouvait voler ! » songe-t-il...

Faisant sursauter Cobalt, Hydro s'écrie soudain avec enthousiasme :

– On pourrait demander à Vieux Tronc ! Avec lui, on fera le tour de la montagne en un rien de temps.

– Génial ! approuve l'androïde avec élan en sautant sur ses longues jambes effilées. Ne perdons pas de temps. La forêt est à deux pas.

– Deux pas ? Je n'ai pas des jambes de sauterelle, moi.

Chemin faisant, Mouch reste enfermé dans sa pochette. De toute façon, même s'il voulait sortir… Pour se désennuyer, rivé à son petit périscope, il suit le trajet.

Quand ils entrent sous le feuillage de la forêt mutante, l'œil exercé de l'électron repère sur-le-champ un mouvement inhabituel derrière eux. On dirait bien que quelqu'un les suit ! Mouch, qui voudrait en avoir le cœur net, tente, pour la millième fois depuis le matin, de susciter la pitié d'Hydro pour qu'il lève enfin la punition injuste et cruelle qu'il lui a infligée.

– Non, Mouch ! Tu sais très bien que je ne te laisserai sortir qu'à une seule condition, le gronde Hydro. Es-tu décidé à me remettre cette fiole contenant le feu ?

« Mais je ne peux pas ! Impossible de lui faire comprendre que j'en ai besoin pour fabriquer l'élixir d'invincibilité. Et dire que je fais tout ça pour lui… » soupire le petit prisonnier.

D'après la recette contenue dans le vieux grimoire trouvé par Mouch, le feu entre dans la fabrication du précieux breuvage. Aux dires d'Ura, et si Mouch réussit sa difficile mission, cet élixir va rendre *son* Hydro plus puissant encore que Technétium, le terrifiant scorpion.

Tout penaud, Mouch revient à son périscope.

– Si tu veux mon avis, tu es trop sévère avec ton électron, intervient Cobalt. Tu ne pourras pas le garder captif indéfiniment.

Hydro, qui s'ennuie énormément de Mouch, saute sur l'occasion, trop heureux d'avoir un prétexte, et soulève le rabat de la pochette.

Mouch prend son envol et va se percher sur la main d'Hydro. Le miniAtomix lui chatouille tendrement le ventre, puis le menton. Il relève le petit casque qui lui tombe sur le visage, mais l'électron le rabaisse prestement sur son nez avec un petit mouvement d'humeur.

– Ma parole ! On dirait qu'il fait des manières.

Aussitôt qu'Hydro ne lui porte plus attention, Mouch va examiner les buissons de plus près. L'électron n'est pas trop surpris de découvrir qu'ils sont suivis par Acer, le petit arbre téméraire[3]. En effectuant des vrilles et des tonneaux, il va se poser sur une de ses branches. Mouch a des affinités avec cet arbrisseau avide d'aventures et de sensations fortes. Ils sont faits du même bois ! Ah ! si seulement Acer parlait électronais !

En voyant par la fenêtre les miniAtomix vêtus de blanc s'agiter dans tous les sens, Héli est heureuse de constater que le village n'est pas sous le contrôle des métaAtomix. Soulagée, elle file comme une flèche vers la porte principale.

— Youhou ! Y'a quelqu'un ? lance-t-elle en s'engouffrant précipitamment dans le bâtiment.

Elle est cependant freinée dans son élan par l'apparition d'un dauphin autoritaire, portant un « I » jaune tracé sur sa poitrine. Il surgit devant elle et la repousse dehors sans ménagement en hurlant.

— Halte, on ne passe pas ! Interdiction d'entrer sans filtre à pochette !

Héli remarque que la pochette du dauphin est effectivement enveloppée d'un tissu blanc finement tressé.

---

3. Dans cette forêt très spéciale, les très jeunes arbres sont capables de se déplacer en marchant sur leurs racines.

– Un filtre ? Mais pour quoi faire ?

– À cause de l'épidémie. Les électrons sont malades. Par chance, les miens ont été épargnés. Heureusement, d'ailleurs, car je suis le seul infirmier du village. Je m'appelle Iode.

– Moi, c'est Héli.

– Suis-moi ! On va mettre tes électrons à l'abri.

– Hé ! Attends ! proteste la petite fée en volant sur ses talons. Il y a plus urgent à faire que de s'occuper de Pico et de Nino, mes amis ont besoin d'aide. Ils sont tombés dans une fosse. Il faut absolument les sortir de là.

– Oh ! Dans la fosse ? Heu… désolé… Je vais prévenir le chef.

Quelques instants plus tard, en compagnie de Thorium, un imposant radioAtomix portant une barbe courte et de longs cheveux blonds, ils se rendent sous le village et font descendre une échelle dans la fosse.

– Pas trop tôt ! bougonne la petite guenon qui ne peut plus endurer que les serpents d'Azote lui tirent les poils.

– Ah là là ! J'espère que personne n'est blessé… Vous tombez mal, explique Thorium… Enfin, sans jeu de mots. Nous faisons face à une épidémie de crépitite. Presque tous les électrons du village sont malades. Les miniAtomix qui ne sont pas au repos forcé doivent soigner les autres ou se porter volontaires pour les corvées essentielles. Comme on ne peut plus assurer la surveillance du village, nous avons décidé de… heu… creuser cette fosse pour protéger l'entrée.

— Nous avons déjà reçu meilleur accueil, fait remarquer Azote en secouant ses serpents pour les débarrasser du sable.

— Désolé ! Nous n'avions pas l'intention de vous piéger.

Pour leur faire oublier ces désagréments, Thorium les installe dans une jolie auberge donnant sur la place centrale du village et leur offre une montagne de capsules d'énergie.

Grande, élancée, avec un visage doux encadré de cheveux bruns coupés à la hauteur des épaules, Protactinium, une deuxième radioAtomix, vient leur rendre visite. Elle distribue à chacun un filtre à pochette.

— Ceci devrait protéger vos électrons, ils ne doivent sortir sous aucun prétexte. La maladie est très contagieuse. Mais avant d'installer les filtres, je vais procéder à un examen, si vous le voulez bien.

Quand Héli voit Protactinium et Thorium côte à côte, elle reste saisie (ces deux radioAtomix avec leurs symboles Pa et Th…) ; la petite fée ressent un étrange sentiment de déjà vu, comme si… comme si elle les connaissait !

Les miniAtomix défilent à tour de rôle dans une pièce isolée où ils doivent enfermer leurs électrons sous une cloche de verre pour l'examen. Quand vient leur tour, les électrons de Cal et Mag sont si faibles qu'ils n'arrivent même pas à sortir de leur pochette. Les pauvres petits font entendre des crépitements sinistres : « Crrrrrshshsh ! »

— Oh ! Dans votre cas, nous devons faire des examens plus poussés.

Sans qu'ils aient leur mot à dire, les félins sont immédiatement escortés jusqu'à l'hôpital.

— J'ai besoin d'aide, fait savoir le dauphin à la ronde.

— Qu'est-ce qu'il faut faire ? demande Sod qui a besoin de bouger et se porterait volontaire pour n'importe quelle corvée.

Le dauphin lui explique qu'ils doivent fermer le village pour la nuit, c'est-à-dire le déposer sur le sol pour bloquer le puits d'accès. Ils se dirigent ensemble vers la tour ouest, sous un des énormes ballons qui maintiennent le village en suspension dans les airs.

— Il faut dégonfler la montgolfière. Pour cela, il suffit d'éteindre le feu.

Un feu impressionnant gronde sous le ballon. Comme le lui explique le dauphin, l'air chaud s'engouffre à l'intérieur du ballon et, comme l'air chaud est plus léger que l'air froid, le ballon s'élève dans les airs.

« Gnan gnan gnan! Monsieur-sait-tout... daufinfinaud! se moque Sod, intérieurement. Il va voir de quel bois je me chauffe, celui-là. »

– Éteindre le feu? Rien de plus facile, convient Sod en s'emparant aussitôt d'un grand balai qui traîne et en commençant à taper sur les flammes.

À chaque coup qu'elle donne, les cendres et les braises s'envolent dans les airs.

– Eh! Oh! Arrête, tu vas mettre le feu, gronde Iode. Pour l'éteindre, il faut le couvrir avec la cloche de fer.

Pendant que le ballon se dégonfle douce-ment, Iode et Sod se rendent à la tour du nord. Le dauphin grimpe sur le ballon pour vérifier que le dessus n'est pas endommagé.

– Et cette corde-ci, à quoi sert-elle? demande Sod, restée en bas près du feu éteint.

– N'y touche surtout pas!

Justement la phrase à ne pas dire! La petite guenon ne peut pas résister à l'envie de tirer dessus... Une fois libéré, le gros ballon s'envole avec le dauphin désespérément agrippé au cordage. La montgolfière atterrit dans le sable, à plusieurs centaines de mètres du village et Sod, complètement hilare, hurle « À mon tour ! » en se dirigeant vers le ballon suivant pour recommencer son manège.

Le village oscille et tangue jusqu'à ce qu'un des coins se pose sur le sable. À cause des mouvements, Protactinium doit suspendre l'examen des électrons.

— Hum... Iode est plus doué pour soigner les malades que pour les atterrissages de montgolfières, fait-elle remarquer à Thorium avec un brin d'impatience dans la voix.

Quand le village retrouve sa stabilité, la radioAtomix finit de retirer de leur pochette les douze électrons de la panthère et les vingt du chat. À l'aide d'une minuscule pince aux bouts ouatés, elle les dépose délicatement sous une grosse loupe.

Le verdict tombe.

— Fièvre crépitante, teint cadavérique, langue sèche, faiblesse généralisée, vos électrons sont atteints de grippe électronique, aussi appelée crépitite.

— Est-ce grave ? demandent d'une voix blême les félins, morts d'inquiétude.

— Hum... Parfois ça dégénère en cromie. Il n'y a qu'une chose à faire : attendre. Vos électrons ont besoin de repos. Vous devez immobiliser complètement vos pochettes et rester… en quarantaine.

MMMMMMMMMMMMMMMMMMMMMMMMM

À leur retour dans la cour de l'école, Charly et Magalie sont consternés par ce qui arrive à Cal et Mag.

— Les félins sont immobilisés de force dans le Mini-monde. Mais pas nous, alors on ne change rien à notre programme, fait savoir Magalie à Éli et Tom.

— Ce soir, visite au parc-bulle ! annonce Charly avec détermination.

Après l'école, les jumeaux passent à leur domicile en faisant bien attention de n'être pas vus des voisins qui croient l'appartement vide, puisque leurs célèbres parents sont partis en reportage autour du monde. Quant à eux, tout le monde pense que, pendant l'absence de leurs parents, ils sont pensionnaires… Enfin, c'est ce que tous supposent car, en réalité, les jumeaux dorment chaque soir dans des appartements différents.

Charly et Magalie récupèrent leur matériel d'expédition : lampes frontales, échelle de corde et outils sophistiqués. Avant de quitter la maison, Magalie ramasse au passage une photo de ses parents qu'elle glisse machinalement dans la poche de sa veste.

Les jumeaux se rendent ensuite à l'ancien parc-bulle qui ressemble maintenant à un chantier de construction.

– Il ne reste plus qu'à descendre sous terre.

– Tu n'as pas oublié le produit repousse-rats? s'inquiète Charly.

Ils sont loin de se douter que le véritable danger qui les guette n'a rien à voir avec des rats…

Charly sort tournevis et pinces électroniques, et s'affaire sur le panneau installé spécialement pour bloquer l'accès au souterrain. Au bout d'un moment, il parvient à faire glisser une plaque de métal et libère une petite ouverture…

– Ça sera suffisant, l'interrompt Magalie en déroulant avec impatience l'échelle de corde et en attachant solidement une de ses extrémités à un anneau de métal.

Après s'être aspergée du produit repousse-rats, elle se glisse la première par l'ouverture en se contorsionnant avec souplesse. Charly, qui a la désagréable impression qu'on le surveille, examine une dernière fois les alentours avant de descendre à son tour. Le faisceau de sa lampe frontale danse sur les murs poussiéreux de l'ancien métro souterrain.

– Rien en vue, annonce Magalie qui vient de toucher le sol.

Ils avancent précautionneusement en suivant les anciens rails mais, contrairement à leur visite précédente, aucune lueur n'éclaire l'extrémité du tunnel. Quand ils arrivent à l'endroit où Charly a été attaqué par le rat géant, aucun couinement…

– On dirait bien qu'Éli a raison, il n'y a plus de rats.

Un peu plus loin, Magalie et Charly retrouvent les portes vitrées de l'entrepôt, mais quand ils entrent à l'intérieur, ils sont forcés de se rendre à l'évidence : il est vide !

– C'est incroyable ! Que s'est-il passé ?

– Partons, il n'y a plus rien à voir ici.

Ils retournent à leur point de départ, mais une autre surprise les attend…

– Charly, l'échelle de corde n'est plus là !

Ils entendent des petits bruits autour d'eux.

– Les rats, tu crois ?

Avant que Magalie n'ait pu répondre, un filet s'abat sur sa tête et la plonge dans le noir.

– Au secours ! Charly, au secours !

La petite fille sent qu'on la soulève et qu'on la transporte à l'extérieur des souterrains. Dans quel guêpier viennent-ils de tomber ? Quand elle sent l'air vif du dehors, et dans l'espoir de laisser une trace de son passage, elle décroche sa boucle d'oreille et la laisse glisser à travers les mailles du filet qui la retiennent prisonnière.

Elle est déposée sans ménagement à l'arrière d'un véhicule qui démarre en trombe.

– Charly? Es-tu là?

Mais la petite fille n'obtient aucune réponse…

À quelques rues de là, au même moment, Éli a soudain une pensée pour les jumeaux. En souhaitant bonsoir à ses parents, elle imagine Magalie et Charly en train de ramper une fois de plus dans l'entre-murs d'un édifice pour se rendre dans l'appartement vide d'un inconnu… Elle devrait les inviter à venir habiter chez elle quand leurs parents partent pour de longs séjours. Ce n'est pas la place qui manque dans leur immense maison.

Chapitre 2

Un million de milliards de pisteurs

La tension est palpable sur la piste antigravité. Comme tous les matins, Nazora, Rod et Tek font la course en se rendant à l'école. Accroupie sur sa planche qui file en suspension au-dessus du sol, Nazora tente d'atteindre une vitesse maximale. C'est une experte. Elle évite les obstacles, effectue des dérapages calculés et précis. Chaussé de ses patins-bolides, Rod la talonne de près. Dans une manœuvre pour dépasser Nazora, il renverse un petit garçon et le projette hors de la piste. Heureusement, les coussins d'urgence se déploient automatiquement.

Sans déclencher d'alerte, Tek s'engage sur la piste réservée aux adultes. Il atteint ainsi une vitesse vertigineuse et arrive à l'école bien avant tout le monde. Il doit cependant patienter, car la bulle hésite à le laisser passer. Comme d'habitude, celle-ci éprouve des difficultés à lire le code génétique de l'étrange garçon.

— Tu as beau tricher en utilisant la piste des adultes, mais tu n'arrives pas dans la cour de l'école avant moi ! le nargue Nazora qui passe la bulle en un rien de temps.

Tek est rouge de rage. « Pourquoi cette satanée bulle me retient-elle chaque matin ? »

Après s'être agglutinés autour des portes de l'école, les enfants gagnent leurs classes. Madame Rachel remarque tout de suite les deux places vides…

– Tiens, souligne-t-elle, Charly et Magalie sont absents aujourd'hui.

Éli se rend compte que quelque chose ne va pas. Les jumeaux sont sûrement dans le pétrin. Évidemment, avec leur manie d'aller fouiner dans l'entre-murs des édifices, ils doivent être bloqués quelque part. Cependant, débrouillards comme ils le sont, elle ne se fait pas trop de soucis pour eux ; ils sauront bien s'en sortir une fois de plus. Puis, sans y réfléchir à deux fois, elle leur invente une excuse.

– Charly et Magalie sont malades, ment-elle sans vergogne. Rien de grave, une indigestion alimentaire, à ce que m'a écrit Magalie.

– Ah bon ! C'est tout de même curieux que l'ordinateur central ne mentionne rien à cet effet.

Mais, réconfortée par l'explication d'Éli, madame Rachel commence son cours sans plus tarder.

La situation est cependant beaucoup plus grave que le croit la petite fille.

Durant le repas du midi, Éli, Tom et leurs amis se retrouvent à leur table de pique-nique sous le grand chêne.

— C'est quoi cette histoire des jumeaux ? demande Coralie. Pourquoi ne sont-ils pas à l'école aujourd'hui ?

Les réponses fusent de toute part, pêle-mêle. « Avec eux, tout est possible… les pieds dans les plats… le nez fourré partout… »

— Attendez, je ne comprends rien.

Éli tente de résumer la situation tout en évitant de mentionner que les jumeaux entrent en catimini dans les édifices par les bouches de livraison, et qu'ils gagnent ensuite les appartements en escaladant les entre-murs creux. Elle ne va quand même pas dévoiler leur secret au grand jour. Mais comme, en définitive, elle ne peut rien dire, elle termine abruptement, ne sachant trop comment conclure :

— Bref, on ne sait pas où ils sont.

— Et alors, qu'est-ce qu'on fait ?

— Rien.

— Moi, les histoires de disparition, ça me coupe l'appétit. Qui veut mon dessert ? offre Nadine à la ronde.

Plus rapide que les autres, Claude s'empare avec gourmandise de l'assiette placée devant la petite fille. Mais dès qu'il plante sa fourchette dans l'appétissant gâteau, celui-ci explose et l'asperge de crème fouettée. Nadine se tient le ventre en riant.

— Plutôt que de perdre votre temps avec des enfantillages, on ferait mieux d'aller dans le Mini-monde, suggère Nazora en pointant un regard sévère vers Nadine. Tes électrons sont peut-être malades !

Tom et Coralie sont les premiers à *pouffer* dans le Mini-monde. Ils sont pressés de se remettre à la recherche de leurs amis. Olivier, placé à côté de Coralie dans le cercle, les suit de près, tandis que Claude hésite. Le garçon grassouillet trouve le Mini-monde beaucoup moins amusant depuis que Chlore, son alter ego, s'est perdu dans la Zone. Comme pour accentuer ses craintes, il voit que Tek, entouré de ses acolytes, vient de se pencher sur le Cylindre d'or, la porte qui lui permet de devenir Technétium le scorpion. Brrr !

MMMMMMMMMMMMMMMMMMMMMM

– Oh, les petits troncs mous ! Quel bon vent vous amène ? chantonne le vieil arbre avec bonne humeur en voyant arriver Hydro et Cobalt.

Depuis qu'il a retrouvé Plouc, son petit arbre chéri – et ce, grâce aux bons soins d'Hydro et ses amis[4] –, Vieux Tronc chantonne sans arrêt. Les airs qu'il invente sont repris et enjolivés par les autres arbres et se répandent dans la forêt mutante en une infinité de variations musicales.

– Bonjour, Vieux Tronc. Nous avons besoin de ton aide d'urgence.

Les arbres font brusquement silence et écoutent Hydro sans bruisser…

– Voilà, conclut le miniAtomix quand il a terminé son récit, le mont Nimbus est tellement grand, nous n'arriverons jamais à retrouver Oxy et Chlore sans toi.

– Le temps de me déraciner et je pars avec vous, répond le vieil arbre sans hésiter.

Un frémissement parcours la forêt, mais Vieux Tronc s'empresse de faire savoir aux autres qu'il part seul.

– Vous, les mous, grimpez à bord et préparez-vous pour le décollage !

---

4. Pour se rafraîchir la mémoire sur cette histoire, le lecteur peut relire le tome 3, *Les premiers maîtres d'Octet.*

Hydro et Cobalt s'installent à califourchon sur deux grosses branches. Des petites pousses qui n'ont rien compris aux instructions de Vieux Tronc se bousculent joyeusement pour prendre place à bord.

– Non, pas cette fois-ci, j'ai dit. Allez poser vos racines ailleurs !

En rechignant, les petits regagnent le sol. Un passager clandestin s'est cependant faufilé en douce… Soigneusement caché derrière une touffe de feuilles, l'intrépide Acer enroule ses racines en vue du décollage. « C'est la première fois que j'ai la chance de voler, se dit le petit arbre. Je ne raterais pas ça pour la meilleure sève du monde. Pas même une sève sucrée à l'érable ! »

Les feuilles déployées et battant l'air, Vieux Tronc s'arrache du sol dans un craquement sourd. Les racines complètement dégagées, il prend son envol. Il passe au-dessus de la rivière Apprivoisée, atteint rapidement les étendues enneigées du mont Nimbus, puis commence à effectuer de grands cercles autour de la montagne.

Pendant les recherches, Acer, qui joue à la cachette avec Mouch dans le feuillage, saute dangereusement de branche en branche. Mais personne ne porte attention à eux.

– Je vois quelque chose là-bas ! s'écrie soudain Cobalt avec excitation.

Le vieil arbre descend près du sol en piqué.

– Ce sont les skis d'Oxy et de Chlore !... Ils sont passés par ici, constate Hydro, plein d'espoir.

– Ce qui est une bonne et une mauvaise nouvelle à la fois, fait savoir Cobalt.

– Que veux-tu dire par là ?

– Ils sont passés par ici, oui... mais ils n'ont pas pu remonter cette pente. Elle est trop à pic.

– Et alors ?

– Alors, ça veut dire qu'ils sont descendus du côté de la Zone...

En suivant le flanc de la montagne, Vieux Tronc débouche sur un chantier en pleine activité.

– Mais... mais... mais... Que se passe-t-il ici ? Ma parole ! On dirait que ces gloutons de métaAtomix mangent la montagne, s'exclame, scandalisé, l'ancêtre des ancêtres des arbres. Voilà donc pourquoi tout est chamboulé sur l'autre versant !

En prenant de l'altitude, Vieux Tronc constate que les travaux s'étendent sur toute la longueur de la frontière, comme si les métaAtomix avaient déclaré la guerre aux Pechblendes.

– Je commence à comprendre pourquoi les montagnes battent en retraite… Ce n'est pas étonnant que la forêt tressée soit devenue si stressée ! Allons voir ce chantier de plus près, vos deux amis doivent se trouver par là.

Mais l'entrée de Vieux Tronc dans le ciel de la Zone ne passe pas inaperçue. Tritt ! Tritt ! Tritt ! Une alerte se déclenche. Tritt ! Tritt ! Insistante. Obéissant aux ordres, le méta-Atomix de garde ne perd pas une seconde et court avertir Technétium.

– Chef ! Chef ! Alerte rouge près du mont Nimbus.

Le terrifiant chef des métaAtomix fait immédiatement préparer l'escadron de disques volants. Un méchant sourire accroché au coin des lèvres, le scorpion ajuste ses sangles et donne le signal du décollage. Technétium est impatient de tester la petite trouvaille qu'il a installée tout spécialement pour éloigner les arbres volants. « Enfin, je vais pouvoir essayer cette merveille… »

Après avoir dévalé le versant abrupt du mont Nimbus en frôlant la mort, Oxy et Chlore n'avaient pas eu d'autre choix que de continuer à descendre et s'étaient retrouvés au chantier des mange-montagne. Les deux miniAtomix avaient réussi à voler des survêtements de travail et, grâce à cette tenue équipée d'un casque intégral qui dissimulait complètement leur visage, ils avaient pu traverser le chantier sans être inquiétés. Ils se trouvaient maintenant devant le poste de contrôle bloquant la sortie du chantier.

Pour le moment, le plan du centaure est simple : ne pas se faire remarquer, dénicher une é-mobile pour rejoindre les carbotubes et rentrer au Pays de Möle.

— Es-tu certain que le gardien ne va pas nous démasquer ? demande l'éléphant, empêtré dans son costume trop grand.

— Pas si tu marches normalement ! Et arrête de te retourner sans arrêt, tu vas nous attirer des ennuis.

« Dans deux pas, la liberté ! », se dit le centaure en regardant avec envie les véhicules stationnés de l'autre côté de la clôture grillagée ceinturant le chantier.

Comme ils s'apprêtent à franchir la grille, une voix sévère les apostrophe :

— Hé, savez pas lire ? Ce n'est pourtant pas écrit en électronais ! Vous ne connaissez pas les règlements ? Les survêtements du chantier doivent rester sur le chantier. Vous en trouverez d'autres ailleurs. Allez, hop! Enlevez-moi ça sur-le-champ!

Le front d'Oxy se couvre de sueur. S'ils se déshabillent, le gardien verra tout de suite qu'ils sont des miniAtomix. Avec une lenteur extrême, le centaure commence à baisser la fermeture du survêtement en cherchant à toute vitesse une solution…

– Je n'ai pas toute la journée, allons, dépêchez-vous!

Il s'apprête à retirer un premier sabot, quand un grand bruit en provenance de la montagne se fait entendre… Quelle chance! Fragilisé par les travaux d'excavation, un large pan de montagne vient de s'effondrer et, l'instant d'après, un épais nuage de poussière brune envahit le chantier. Oxy profite de la confusion qui s'installe pour tirer Chlore par la manche.

– Viens!

– Mais, Oxy, il a dit que…

– Laisse faire ce qu'il a dit. Comment veux-tu qu'on circule dans la Zone sans survêtement?

Aveuglé par la poussière, le centaure se dirige à tâtons vers les é-mobiles qu'il a repérées plus tôt.

Mais la chance tourne. Au moment où la poussière retombe, l'éléphant trébuche dans le bas de son pantalon et s'étale de tout son long juste à côté des véhicules. Ses simagrées attirent évidemment l'attention d'un métaAtomix occupé à superviser le chargement d'un convoi monté sur rail.

– Où allez-vous comme ça vous deux? leur crie-t-il d'une voix autoritaire. Pour le Réactron, c'est par ici!

« C'est malin! » maugrée Oxy entre ses dents en prenant place à contrecœur dans le rang des ouvriers qui attendent, entassés, pour monter dans le train en partance vers une destination inconnue… « Il ne s'y prendrait pas autrement s'il voulait qu'on soit découverts… » se dit le centaure suspicieux en pensant aux gaffes de Chlore.

Au moment de monter dans le wagon, son attention est attirée par un vrombissement aigu. Au-dessus de sa tête, les disques volants des métaAtomix passent à plein régime en position de combat et se dirigent vers le mont Nimbus.

« Oiseaux de malheur! »

Loin de se douter de la terrible menace qui fond sur lui, Hydro, à califourchon sur Vieux

Tronc, assiste à l'effondrement du pan de montagne. L'immense nuage de poussière brune, qui recouvre le chantier des mange-montagne, s'élève jusqu'à eux et les plonge dans la grisaille.

– Teuh! Heu! Heu! Sors-nous d'ici, Vieux Tronc, on étouffe!

– On n'y arrivera jamais comme ça, fait remarquer Cobalt quand ils émergent du nuage sombre. Déposez-moi, je vais y aller à pied. Je suis une métaAtomix, je n'éveillerai pas les soupçons.

(En effet, bien qu'elle soit une métaAtomix, Cobalt a choisi de joindre le clan des minis car, comme plusieurs autres, elle désapprouve les projets de Technétium.)

L'arbre se pose sur le sol pour lui permettre de descendre.

– Bonne chance, Cobalt. Sois prudente!

Mais c'est plutôt eux qui auraient besoin de chance, car aussitôt qu'ils reprennent de l'altitude, ils sont pris en chasse par les disques des métaAtomix qui viennent de déboucher tous azimuts.

– Encore ces papillons géants! s'exclame Vieux Tronc avec détachement. Enroule solidement tes racines, petit tronc mou. Ça va barder!

Vieux Tronc monte à la verticale, puis effectue un vertigineux virage sur le côté avant de foncer vers le sol comme s'il allait s'y écraser. Bleu de peur, Hydro s'accroche du mieux qu'il peut. Le miniAtomix se demande comment s'en tire Mouch, mais l'électron, perché sur une branche voisine, s'amuse comme un petit fou en rigolant avec Acer. Les voltiges ne l'impressionnent pas du tout.

Vieux Tronc redresse son vol à la dernière seconde, ses racines frôlant le sol. La manœuvre hardie réussit à mettre hors de combat quatre poursuivants qui piquent du nez et restent à demi enfoncés dans le sol dans une position ridicule. Le scorpion, encadré par Zirconium l'araignée et Molybdène la coquerelle, talonne toujours Vieux Tronc avec acharnement.

– Ah? Ils en veulent encore? s'amuse le vieil arbre. Ces petits blancs-becs n'arriveront jamais à me suivre dans une cloche!

« Dans une cloche? » se demande Hydro inquiet.

Vieux Tronc remonte à nouveau à la verticale puis, quand il atteint une hauteur impressionnante, il cesse tout mouvement et se laisse retomber au ralenti, les racines pointant vers le sol. Hydro sent son estomac remonter dans sa gorge… Dans la chute, l'arbre passe juste à côté de ses poursuivants, surpris par la manœuvre. La vitesse de sa chute s'accélère de plus en plus et, soudain, la cime de l'arbre bascule vers l'avant. Vieux Tronc pivote de trois quarts de tour sur lui-même – ding! – avant de piquer du nez vers le sol à pleine vitesse – dong! Au grand soulagement d'Hydro, l'as de l'air parvient à se redresser puis reprend ensuite son vol parallèlement au sol.

– Ouf! s'exclame Hydro, reprenant son souffle.

Un répit de courte durée, car Technétium, qui n'abandonne pas aussi facilement, vient de déployer un tube étrange avec lequel il les vise…

Le scorpion tire à deux reprises et, à chaque fois, un énorme jet de flammes jaillit du canon et vient lécher le feuillage de l'arbre… Le feu! À la troisième salve, le scorpion fait mouche et les branches sèches du vieil arbre s'enflamment. Mouch, qui a déjà eu affaire à ce monstre, ne s'amuse plus du tout… Le feu se répand rapidement dans le feuillage. L'électron entraîne le petit Acer à l'arrière, loin du brasier…

– Au feu! Au feu! crie l'arbre en panique.

Cobalt, qui a assisté impuissante à toute la scène, regarde Vieux Tronc s'éloigner, la cime dévorée par les flammes. « Pourvu qu'ils s'en sortent », songe-t-elle, le cœur serré. Elle est désormais seule sur les traces d'Oxy et de Chlore.

ᴍᴍᴍᴍᴍᴍᴍᴍᴍᴍᴍᴍᴍᴍᴍᴍᴍᴍMMMMMM

Pendant qu'ils regagnent leur classe, Sabine en profite pour aborder Claude.

– Qu'est-ce que vous faites? Où êtes-vous rendus?

Cette histoire de Zone et l'attitude agressive d'Oxy à l'égard de l'éléphant le dérangent à tel point que Claude se demande s'il retournera dans le Mini-monde. Il a encore moins envie de partager ses inquiétudes avec Sabine. Alors, pour éviter de lui répondre, il se dépêche d'engouffrer une pleine poignée de bonbons.

– Gneugnurt, marmonne-t-il en pointant sa bouche pour s'excuser.

Ah! S'il arrivait à reproduire ces délicieuses capsules d'énergie dans le Macro-monde, il n'aurait plus besoin de se rendre là-bas. Olivier n'est guère plus bavard et Sabine reste sur son appétit. Pas moyen de savoir ce qui se passe dans la Zone.

Tek se pavane. Il a réussi à abattre Vieux Tronc. Le vieil arbre ne viendra plus troubler la Zone. Triomphant, il passe près de Tom et lui demande avec méchanceté :

– Alors, le minus, ça chauffe?

Décidée à tirer les choses au clair au sujet des jumeaux, Nadine passe par le parc-bulle après l'école. À sa connaissance, il s'agit du dernier endroit que Charly et Magalie ont visité. Elle se faufile par une ouverture dans la clôture et fait le tour des lieux.

«On dirait bien qu'ils ne sont pas venus ici», se dit-elle en remarquant qu'il n'y a aucune trace de pas sur la couche de terre qui recouvre fraîchement la surface du chantier. Au moment de partir, son attention est attirée par un petit objet brillant à demi enterré. Elle le ramasse et le met dans sa poche.

Quand elle circule à nouveau sur la piste, Nadine est frappée d'effroi en examinant de plus près l'objet qu'elle tient au creux de la main. Elle vient de reconnaître la boucle d'oreille de Magalie! Elle se dit qu'il est arrivé quelque chose aux jumeaux et file directement chez Tom.

Elle actionne la sonnette à plusieurs reprises, s'impatientant de la lenteur de Gustave à répondre. «Vite!» Quand la porte s'ouvre, elle s'installe sans perdre de temps dans le puits-ascenseur qui souffle l'air vers le haut. Elle débarque en courant dans l'appartement de Tom et exhibe sous son nez la boucle d'oreille de Magalie.

– Regarde, c'est terrible! s'écrie-t-elle, comme si Tom allait tout comprendre à la vue du bijou.

— Pas si terrible que ça, tu exagères. Heu… c'est une clef mémoire pour ordinateur, je crois… Oh! On dirait que… oui, on dirait que c'est aussi un bijou… Tu as raison, il est horrible!

Réagissant à la visite-surprise de Nadine, Gustave a déjà préparé une collation pour les enfants.

— Visages souriants aux fruits exotiques, annonce-t-il fièrement en faisant basculer le centre de la table et apparaître l'assiette. Pour vous, monsieur. Merci.

Le plat, composé d'une multitude de petits fruits de toutes les couleurs, montre les visages étonnamment ressemblants de Tom et de Nadine. Sauf que pour les bouches… Gustave a utilisé des petites souris blanches qui courent partout dans l'assiette! Décidément, le vieil ordinateur devient de plus en plus gâteux…

— Il faut des *sourires*, Gustave, pas des *souris*! soupire Tom, tout de même amusé par les gaffes de l'ordinateur familial.

— Tu ne comprends donc pas, c'est la boucle d'oreille de Magalie! laisse tomber Nadine d'une voix lugubre en ignorant complètement les fruits, les gaffes et les souris. Elle ne s'en sépare jamais. Je… je l'ai trouvée au parc-bulle!

Tom devient blême. Le parc-bulle, la disparition des jumeaux et, maintenant, la boucle d'oreille… Nadine a raison de s'inquiéter, il est arrivé malheur aux jumeaux !

– Vite, Gustave, communication prioritaire avec berzélium.éli.perso, et pas de gaffes s'il te plaît !

À partir de l'écran de sa chambre, Éli écoute les explications de Tom sans l'interrompre puis conclut d'une voix blanche :

– La situation est extrêmement grave. Je vais avertir l'inspecteur Ohms sans tarder. Je vous rappelle tout de suite.

– Oh non, pas encore ! Tu ne vas pas recommencer avec cette histoire de parc-bulle.

– Mais, maman, puisque je te dis que c'est différent cette fois-ci. Les jumeaux ont disparu !

Éli insiste, crie, tempête et, à la fin, sa mère n'a pas d'autre choix que de céder.

– Bon, d'accord. Nous allons parler à l'inspecteur Ohms, mais promets-moi de ne pas insister s'il n'a pas de temps à te consacrer. Ces derniers jours, tu as des petites tendances à, disons…

Éli comprend très bien ce à quoi sa mère fait référence. C'est vrai qu'elle a parfois des sautes d'humeur qui la surprennent elle-même…

Mais, de manière étonnante, pour une fois Martin Ω Ohms n'oppose aucune résistance. Comme il s'agit d'enfants disparus, l'inspecteur Ohms écoute Éli avec la plus grande attention.

– Tu dis qu'hier soir ils avaient l'intention de retourner au parc-bulle et qu'aujourd'hui ils ne se sont pas présentés en classe ? A-t-on cherché à joindre leurs parents ?

– Heu… non, c'est que… oui. Ils sont en reportage actuellement et… heu… en attendant, les jumeaux habitent chez… heu… les Bohr.

– Bon, je vais aller faire un tour au parc-bulle.

Dès que l'inspecteur coupe la communication, Éli s'empresse d'écrire un message codé à Tom : CCATTAGCGATCTTAGATAT CACCTTAGCGTTAGGGCATATGAGTTTA CAGCTAGAATTACTTGAAAGTTTACCAC TAATGGAAGCGCTAGTCTTAGTAATCGTA GCGATCGAAAATACCTTATGCCA TGAATCTTTAACGGGATC[5]

*

5. Voir à la fin du livre pour le code secret ou bien visiter le site www.miniatomix.com.

« Le parc-bulle… » Même si Ohms n'est pas convaincu du sérieux de cette histoire, il ouvre tout de même une enquête et se rend personnellement sur les lieux.

– Vous voyez bien, inspecteur, qu'il n'y a rien ici. Pas plus qu'à notre dernière visite d'ailleurs.

Effectivement, pas de traces des jumeaux, mais… l'inspecteur se penche et examine le sol à l'aide d'une loupe. « Curieux ! se dit Ohms. Il n'y a pas que de la poussière dans ce vieil entrepôt. »

– Et ceci ? fait-il en brandissant un minuscule bout de papier orange au bout d'une pincette, comme s'il s'agissait d'une preuve accablante. Faites immédiatement venir des pisteurs !

– Comment ? Des… des pisteurs ? bafouille, incrédule, le sous-lieutenant. Juste pour ça ?

– Juste pour ça, comme vous dites. Je veux immédiatement un million de milliards de pisteurs, c'est un ordre !

« Franchement, il exagère, marmonne pour lui-même le sous-lieutenant. Mais quand il a une idée en tête, celui-là… »

Vingt minutes plus tard, le maître pisteur se présente sur les lieux avec une boîte pas plus grosse qu'une noisette.

– Inspecteur, voici les pisteurs.

Après avoir donné l'ordre d'évacuer la pièce, le spécialiste déclenche le mécanisme d'ouverture automatique puis, avec délicatesse, dépose la petite boîte au centre de l'entrepôt, juste à côté du bout de papier orange découvert par l'inspecteur. Au bout de trois secondes, un déclic se fait entendre, les parois de la boîte s'ouvrent comme les pétales d'une fleur et… rien ne se produit.

– Alors, c'est raté? demande un des officiers de police qui assiste à la scène.

Le maître pisteur a déjà entendu cette question des milliers de fois, il y en a toujours un qui ne connaît pas le procédé.

– Les pisteurs viennent de se mettre à l'œuvre sous vos yeux, mais vous ne pouvez pas les voir, explique-t-il patiemment. Il y a là, devant vous, un million de milliards de robots microscopiques à l'œuvre. Des nez sur chenillette, si vous préférez. À partir de maintenant, les pisteurs vont se répandre dans toutes les directions. Ils vont inspecter les surfaces, nanomètre par nanomètre, en reniflant et en analysant les molécules chimiques qu'ils rencontrent. Ils vont envahir l'espace, le quartier, la ville s'il le faut, pour remonter les pistes chimiques.

– Et quand aurons-nous les résultats?

– On ne sait jamais… parfois ça ne prend que quelques heures et d'autres fois il faut attendre des semaines ou des mois avant qu'ils n'émettent leur signal. Une seule certitude : tant que les pisteurs n'ont pas accumulé un nombre suffisant de molécules chimiques identiques, ils ne lâchent pas prise.

En rentrant chez elle, Nadine décide de repasser devant le parc-bulle. À sa grande surprise, il fourmille de policiers. Éli les a prévenus que l'inspecteur Ohms allait s'occuper de la disparition des jumeaux, mais jamais elle ne pensait qu'il agirait aussi rapidement.

Elle approche sans être vue et surprend un bout de conversation entre deux policiers.

– Ohms a fait relâcher des pisteurs, affirme un des hommes.

– Il devient gâteux. S'il croit trouver autre chose que de la poussière dans ces vieilles ruines !

« Des pisteurs ? Tiens, tiens. Je me demande de quoi il peut bien s'agir… » La petite fille court chez elle d'une seule traite, avide de tout apprendre sur les pisteurs.

Toujours captive du filet, Magalie a été transportée d'un véhicule à l'autre, puis abandonnée sans avoir une seule fois aperçu ses ravisseurs. Elle rampe et se tortille comme un poisson cherchant à sortir des mailles qui la retiennent prisonnière. Ses jambes butent soudain contre une masse inerte couchée à côté d'elle.

«Aïe!» proteste la masse, faisant bondir de joie le cœur de Magalie.

– Charly?

– Magalie!

– Oh! Tu es là. Est-ce que tu vas bien?

– J'ai un peu mal à la tête. Je crois que… j'ai perdu connaissance. Où sommes-nous?

– Je ne sais pas… As-tu ta lame?

– Je vais nous sortir de là. Attends…

Mais, après un moment, le garçon doit s'avouer vaincu.

– La corde est trop résistante, je n'arrive pas à la couper!

– Hé? Mais qu'est-ce qui se passe encore? Entends-tu ce bruit?

Un moteur se met à gronder puis, sous eux, le plancher commence à vibrer.

– Magalie, on dirait que nous sommes dans un avion et que nous décollons ! Où nous emmène-t-on ?

– Loin d'Entropia en tout cas…

Très loin d'Entropia puisque, à ce qu'ils peuvent en juger, le vol dure plusieurs heures. Magalie a soif et faim. Après l'atterrissage, un homme les libère et les fait entrer dans un grand dortoir vide. D'un signe, il désigne deux couchettes et s'en va sans prononcer une parole. Une fois seuls, les jumeaux tentent de faire le point, mais trop épuisés, ils s'écroulent l'un contre l'autre sur un petit lit et, le ventre vide, sombrent dans un sommeil profond.

Chapitre 3

Le Réactron

Le lendemain matin, Nadine arrive à l'école, surexcitée.

– Il a lâché des pisteurs sur les traces de Charly et de Magalie, annonce-t-elle sans prendre le temps de saluer ses amis.

Éli, Tom et Olivier la regardent, éberlués. Claude, lui, semble beaucoup plus préoccupé par un bonbon à saveur de miel de fleurs des champs qu'il essaie de déballer. Impossible d'ouvrir ce nouvel emballage de plastique parfaitement lisse.

– De quoi parles-tu?

– De l'inspecteur Ohms. Il a fait libérer un tas de pisteurs.

– Des quoi?

Nadine, qui connaît maintenant tout sur le sujet, leur explique qu'il s'agit de robots microscopiques.

– Les nanomachins sont fabriqués ici même, dans les usines de Chimnex.

– Encore Chimnex ! Ces démolisseurs de parc ! s'offusque Éli qui réagit toujours de manière excessive quand elle entend le nom de la compagnie pour laquelle travaillent ses parents, tous deux chimistes.

– Chaque robot est comme un minuscule char d'assaut qui avance, renifle une molécule chimique et…

– C'est quoi, une molécule chimique ? l'interrompt Tom.

– Heu, je crois que tout est fait de molécules chimiques… le bois, le verre, le métal, la nourriture, la peau, l'air, même l'odeur de quelqu'un…

– J'ai réussi ! Il suffisait de dévisser, s'exclame Claude, tout joyeux d'avoir trouvé comment ouvrir son bonbon.

– …et si un pisteur découvre une molécule chimique inattendue, poursuit Nadine sans porter attention à Claude, il la garde en réserve et part à la recherche d'une deuxième molécule identique. À partir de ce moment-là, on dit qu'il est sur une piste. Les pisteurs se répandent partout, partout. Ils s'infiltrent dans les fissures, dans les appareils… Tiens, il y en avait peut-être des centaines sur le bonbon que Claude vient d'avaler.

– Je ne sens rien du tout, se défend le garçon joufflu qui, malgré tout impressionné par les histoires de Nadine, songe à recracher la friandise.

— Normal, ils sont microscopiques.

— Et si on avale des pisteurs, qu'est-ce qui arrive ? demande-t-il avec anxiété.

— Ils traversent le tube digestif en te reniflant et finissent par ressortir par les voies naturelles.

Claude ne sait pas trop ce qu'elle veut dire par « voies naturelles », mais comme il est trop gêné pour le demander, il reste dans l'ignorance…

En classe, il se sent tout à coup bizarre. Il ressent comme des crampes d'estomac. « Comment se sent-on quand on se fait renifler l'intérieur du corps ? » se demande-t-il, inquiet.

Madame Rachel les accueille avec une de ses surprises habituelles.

— Nous allons organiser une compétition d'humour pour la semaine prochaine. Les meilleurs seront ceux qui auront accumulé le plus de rires.

— Hourra ! crient les élèves avec enthousiasme.

— Vous aurez la fin de semaine pour vous préparer. Vous travaillerez en équipe de deux. Les présentations commenceront lundi prochain.

Éli lance un coup d'œil complice en direction de Tom. Son sourire rayonnant annonce qu'elle a déjà sa petite idée pour faire rire la classe.

— Cette fois-ci, pour faire changement, fait savoir l'institutrice, les équipes seront choisies au hasard.

L'ordinateur de la classe fait aussitôt apparaître, sortant du plafond, un boulier de verre rempli de boules de couleur portant le nom de chaque élève.

— Première équipe…

Madame Rachel démarre le mécanisme qui mélange les boules puis en fait tomber deux dans un petit nid situé sous le bocal.

— Claude et Sabine !

Claude, soudain assailli par une foule d'émotions, sent son estomac se retourner. Il ne sait pas trop comment il arrivera à travailler avec Sabine qui cherche toujours à le faire parler mais, par-dessus tout, il est obsédé par cette histoire de pisteurs. Par où sortiront-ils de son corps ?

— Quelque chose ne va pas, Claude ? s'informe madame Rachel en remarquant le teint blême du garçon.

— Je… blurp… mal de ventre…

— Peut-être devrais-tu aller à l'infirmerie ? suggère l'enseignante.

Claude ne se fait pas prier pour quitter la classe précipitamment.

– Bon... heu, continuons. Deuxième équipe... Tom et Nazora !

« Oh ! Je ne suis pas avec Tom », songe Éli sans quitter des yeux les boules qui tombent par deux. Troisième : « Lili et Pablo » ; quatrième équipe... Madame Rachel continue l'énumération des équipes jusqu'à...

– Septième équipe, Éli et...

La petite fille ferme ses yeux et croise ses doigts...

– ...et Tek.

Elle retient un cri. « Nooon ! Pas ça ! » Rien de pire ne pouvait lui arriver. Atterrée, elle reste assise à son pupitre même après la vibration annonçant la récréation.

– Éli ? Tu viens ?

Comme un automate, elle sort de la classe et suit Tom jusque dans la cour.

– Mais... co... comment vais-je faire ? balbutie-t-elle.

– Bah, il est tellement doué, tu n'auras qu'à le laisser faire. Qu'il se débrouille, après tout !

La petite fille se raisonne en se disant qu'il ne s'agit que d'un travail d'équipe. « Je ne devrais pas me plaindre... les jumeaux ont des problèmes bien plus graves que de se retrouver en équipe avec le pire gars de l'école ! »

Après avoir été rassuré par l'infirmière, qui lui a expliqué qu'on avale sans cesse des tas de bidules microscopiques, même vivants, sans aucun effet secondaire, Claude vient rejoindre ses amis qui se préparent à *pouffer* dans le Mini-monde.

– Alors, comme ça, il paraît que tu as fait une indigestion de pisteurs ? se moque Nadine.

Impatient de retrouver Hydro, Tom approche son œil de la lentille et plonge directement – c'est le cas de le dire ! – dans le feu de l'action…

MMMMMMMMMMMMMMMMMMM

Le feu se répand de branche en branche et perturbe le vol de Vieux Tronc. Devant l'état de panique du vieil arbre, Hydro se force à rester calme. Il doit trouver une solution et vite… utiliser son savoir ! La force du feu, celle de Néon le dragon, peut être neutralisée par celle de Krypton le canard… L'eau contre le feu. Il n'a pas le temps de se rendre au Grand Lac, mais…

– Je sais !

Sans perdre de temps en explications, le miniAtomix prend la direction des opérations et, tout en flattant l'écorce de l'arbre pour le rassurer, ordonne au vieil arbre de se diriger vers le sommet du mont Nimbus. Les flammes s'étirent maintenant de la cime de l'arbre jusqu'à Hydro. L'arbre arrive difficilement à maintenir son vol et perd de l'altitude. Ses racines traînent sur le sol et forment de larges sillons sur la neige du mont Nimbus.

– Courage ! Nous y sommes presque.

Dès qu'ils débouchent de l'épais brouillard qui emprisonne le haut de la montagne, Vieux Tronc aperçoit la mare du canard et, sans hésiter, y plonge tête première.... Spchiiiiiiitttt ! L'incendie est immédiatement étouffé et laisse place à une épaisse fumée noire qui s'élève dans le ciel. Durant la manœuvre, les passagers sont projetés aux quatre coins de l'étang. Hydro enferme Mouch dans sa pochette et gagne le rivage. Caché au milieu des nénuphars, le petit Acer est bien heureux de se désaltérer les racines dans cette masse d'eau bien fraîche.

– En voilà des manières, proteste Krypton le canard en pataugeant vers Hydro. Est-ce que je vais, moi, laver mes plumes pleines de suie dans votre baignoire ? Et toute cette fumée dans mon ciel… vous allez salir mes nuages !

Après avoir fait les présentations, Hydro explique au canard que c'était une question de vie ou de mort.

Vieux Tronc s'est redressé et fait l'évaluation des dégâts. Le quart de son feuillage s'est envolé en fumée, mais il lui reste suffisamment de feuilles pour retourner jusqu'à la forêt mutante.

— Pauvre Vieux Tronc! Tu ne pourras plus jamais faire de migration!

— Oh ça? Ne t'inquiète pas. Les feuilles auront repoussé l'année prochaine.

Mais, en attendant, sur le chemin du retour, Vieux Tronc éprouve de sérieuses difficultés de vol. Facilement déséquilibré, il s'écrase à plusieurs reprises et rebondit brutalement sur le sol avant de reprendre son envol. C'est au cours d'une de ces embardées qu'Acer, l'arbrisseau, perd soudain racine.

Violemment projeté dans le vide, le petit fouet s'agrippe comme il peut à une paire d'ailes du vieil arbre mais, malheureusement, celle-ci se détache de la branche. Mouch regarde, impuissant, son ami tomber dans le vide puis planer, la cime à l'envers. Acer atterrit en contrebas sur une des surfaces enneigées du mont Nimbus et commence à débouler la pente abrupte. Les racines solidement enroulées, le petit débrouillard se redresse et utilise alors la paire d'ailes comme planche à neige. Puis, juste comme Mouch le croit tiré d'affaire, c'est le plongeon fatal!

La piste enneigée se termine brusquement. Lancé comme un boulet de canon, Acer s'élève dans les airs, effectue un saut périlleux arrière et plonge tête première au milieu des flots tumultueux de la rivière Apprivoisée. À cette hauteur, la rivière n'a rien d'apprivoisé et le petit arbre se débat comme il peut dans l'eau glacée. De peine et de misère, il parvient à se maintenir hors de l'eau grâce aux feuilles de Vieux Tronc qui, cette fois-ci, lui servent de flotteur.

Le petit arbre a eu bien de la chance jusqu'à présent, mais Mouch le voit soudain disparaître, avalé par le torrent.

« ⅃⊥⊤├ ├⊺⌐[6] » murmure l'électron d'une voix étranglée par l'émotion.

Après avoir ramené Vieux Tronc à ses trous de racine, Hydro quitte la forêt des arbres migrateurs et traverse la forêt des mûres-mûres en utilisant les passerelles aériennes de la canopée.

---

6. Ce qui veut dire : « Adieu petit arbre, adieu mon ami », mais avec en plus des accents crépitants. Petite traduction puisqu'on m'apprend au moment de mettre sous presse que certains lecteurs éprouvent encore des difficultés avec l'électronais.

– C'est étrange, on dirait que les choses ont changé depuis notre dernier passage, fait-il remarquer à voix haute en s'adressant à Mouch.

– Ne m'en parlez pas ! se plaint d'une voix caverneuse un baobab obèse qui l'épie. Chaque jour, la montagne semble reculer un peu plus dans le Pays. Cela tire sur nos racines et nos branches ! Forcément, on a de la difficulté à garder les passerelles de niveau.

Hydro comprend l'allusion de Vieux Tronc : plus rien n'est droit dans la forêt, les planches des passerelles s'empilent les unes par-dessus les autres et les fenêtres des maisons tressées sont croches. Tous ces chamboulements sont causés par les métaAtomix qui dévorent le versant opposé de la montagne.

Chemin faisant, perdu dans ses réflexions, Hydro se sent tout à coup seul… Il pense à Oxy et à Chlore, perdus dans la Zone. Il se demande où se trouve Cobalt à l'heure actuelle, il s'inquiète aussi pour Ura, qu'il n'a pas revu depuis… oh ! depuis tellement longtemps !

« Est-ce que je porte malheur aux gens que je rencontre ? » se demande-t-il, angoissé. Avant qu'il ne se décide à sortir du Grand Lac, tout était si paisible. Que s'est-il donc passé qui bouleverse ainsi le Mini-monde ? En est-il responsable ?

Le voyant si triste, Mouch essaie de le réconforter en se frottant sur sa joue. Cette petite présence suffit à rappeler à Hydro qu'il n'est jamais tout à fait seul. D'ailleurs, il va bientôt rejoindre Héli et ses autres amis au village des Frontaliers du nord. Le mini-Atomix remonte le petit casque de son électron et, une fois de plus, celui-ci le rabat sur son nez avec impatience.

En sortant de la forêt des mûres-mûres, ils débouchent dans une clairière qui rappelle à Mouch des souvenirs qu'il préfère oublier. (L'électron avait déposé ici même un minuscule bout de flamme de rien du tout sur du bois sec, juste pour voir, mais l'incendie qu'il avait déclenché avait failli raser la forêt!)

Cette fois, une heureuse surprise attend l'électron : au milieu des herbes hautes, entouré de jeunes pousses d'arbres, le petit Acer fait la fête.

À part quelques branches cassées et le feuillage ébouriffé, l'arbrisseau semble en pleine forme. Dressé sur la pointe de ses racines, il exécute à l'intention de Mouch une petite danse victorieuse qui semble dire : « Na, na, na ! je suis arrivé le premier. » Au bout de sa plus haute branche, il exhibe comme un trophée une des ailes-feuilles de Vieux Tronc. Personne ne peut imaginer que cette vieille paire d'ailes fripée a plusieurs fois sauvé la vie de ce diable de petit téméraire !

Un vent chaud s'est levé sur le désert. Hydro progresse à travers les dunes en pestant contre le sable qui s'infiltre sans cesse dans sa bouche, ses yeux, son nez, ses oreilles. Agacé, il se demande s'il ne préfère pas la neige et le froid. Ce voyage en solitaire lui pèse de plus en plus.

Quand enfin il voit flotter à l'horizon les montgolfières surmontant le village des Frontaliers du nord, il se met à courir, impatient de retrouver ses amis.

– Mouch, nous sommes arrivés !

Héli, qui surveillait avec anxiété son arrivée, se précipite à sa rencontre aussi vite que lui permettent ses petites ailes de fée. À mi-parcours, les deux tombent dans les bras l'un de l'autre.

– Héli ! Comme je suis content.

– Ah ! Te voilà enfin !

La petite fée pose mille questions sans lui laisser le temps de répondre et, du même souffle, elle lui raconte un tas d'histoires à propos d'épidémie et de quarantaine auxquelles il ne comprend rien. Une fois l'excitation des retrouvailles retombée, les deux amis ralentissent le pas et font le point plus tranquillement en se dirigeant vers le village.

— Les électrons des félins sont atteints de crépitite, une maladie très contagieuse, souligne Héli. Justement, j'ai un filtre pour toi.

Mouch proteste vigoureusement pendant qu'elle l'enferme dans la pochette et installe le filet autour. C'est qu'on l'emprisonne à présent !

— Pas question que ton électron fasse des bêtises. Cette fois-ci, c'est du sérieux.

Mais Mouch a beau s'agiter, Hydro ne fait pas du tout attention à lui. « Puisque c'est comme ça[7]… » bougonne l'électron avec mauvaise humeur. Il se sauve à l'intérieur de sa pochette très spéciale[8] puis dévale en un temps record l'escalier en colimaçon qui le mène au trois cent vingt-septième sous-sol. « … Puisque c'est comme ça, je vais pratiquer mes sauts quantiques. » L'électron chausse ses souliers de sport et se dirige vers la quatrième des sept

---

7. Bien sûr en électronais dans le texte original, sauf que, bon… Mais pour ceux que cela intéresse, voici ce que Mouch a dit : « ⌐⌐ ⊢⊢ ⊢ ⊣⊦⊦ »
8. En effet, la pochette de Mouch contient une entrée secrète menant à d'innombrables sous-sols qu'il n'a toujours pas fini d'explorer…

portes qui donnent sur la salle du gymnase. Dernièrement, Mouch a réussi un saut de niveau quatre avec émission d'un joli photon turquoise. Du jamais vu! Hydro allait être drôlement surpris quand il constaterait ses progrès.

Quand vient son tour de parler, Hydro annonce gravement à Héli qu'ils ont retrouvé les skis d'Oxy et de Chlore, mais que tout porte à croire que leurs amis se sont égarés dans la Zone.

— Il faut faire quelque chose! s'écrie la petite fée, catastrophée.

— Justement, Cobalt est retournée là-bas. Pour l'instant, on ne peut rien faire de plus. Et puis, il y a… heu… autre chose à propos de la Zone…

— Quoi?

Hydro, qui connaît le caractère explosif de son amie, cherche comment lui annoncer avec ménagement que les métaAtomix ont commencé à s'attaquer aux Pechblendes. Mais avant qu'il ait pu ouvrir la bouche, ils sont interrompus par l'arrivée intempestive de Sod et d'Antimoine venues à sa rencontre.

Au village, Hydro est reçu par un comité d'accueil, plutôt réduit à vrai dire, qui se limite à Thorium et Protactinium, les deux radio-Atomix, un dauphin et un castor.

En débouchant sur la grande place du village, le miniAtomix découvre, émerveillé, que les surfaces des maisons sont couvertes de bas-reliefs. Les sculptures en bois représentent différentes scènes de la vie quotidienne des miniAtomix.

– Magnifique ! Qui a fait ça ? demande-t-il à Héli, impressionné.

– C'est Plomb l'artiste, répond la petite fée en désignant le castor. À propos, que disais-tu tout à l'heure au sujet de la Zone ? enchaîne-t-elle, préoccupée par ce qu'a laissé entendre Hydro plus tôt.

– C'est terrible… Les métas… les métas sont en train de gruger les Pechblendes.

– Ainsi donc, ils ont recommencé à s'attaquer aux frontières, se désole Thorium d'un air chagriné.

– Mais que cherchent-ils donc à la fin ? s'impatiente Héli.

– Réunifier le Mini-monde… Disons, à leur manière. Vous connaissez certainement l'histoire… Autrefois, le Mini-monde ne formait qu'un tout. Il se produisit une grande querelle. Les minis préféraient la nature et le travail manuel – lent et difficile, mais sans bruit ni fumée. Les métas, grands amateurs de technologie, aimaient la facilité, la vitesse et tout ce qui rime avec stress. Pour éviter la confrontation, nous, les radioAtomix, avons décidé de couper la poire en deux et de diviser le Mini-monde. Chacun de son côté ! Les maîtres d'Octet ont alors édifié les immenses barrières que vous connaissez.

– Ce sont les gardiens des Pechblendes et du marais acide, complète Protactinium. Ces frontières sont quasi indestructibles sauf si, comme l'a constaté Hydro, on les grignote par petites bouchées !

En écoutant à nouveau l'histoire du Mini-monde, Hydro comprend confusément qu'il existe un lien entre la présence de ces frontières et sa quête du *savoir*. En effet, si les maîtres d'Octet protégeaient le Pays de Möle contre la Zone, il était logique que leur *savoir* puisse l'aider, lui, à affronter les métas, comme l'avait suggéré Ura… enfin, s'il pouvait lui faire confiance.

– Héli ? As-tu ta liste ?

La petite fée sait bien qu'Hydro la taquine, mais elle se met tout de même à réciter :

– Voyons voir : sauver les électrons de l'usine d'*é*, libérer Ura des griffes de Technétium, secourir Oxy et Chlore, retrouver Cobalt et redresser les Pechblendes… heu, je ne vois rien d'autre… enfin pour le moment !

– Rien que ça ! À moins que quelqu'un ait une autre solution à proposer, on poursuit la quête du *savoir*. Demain matin, à l'aube, départ pour le pic d'Argon.

— Tu n'y penses pas sérieusement? tente de le dissuader Azote. Nos électrons couvent peut-être la crépitite, on a perdu des joueurs et…

— Chouette, on part à l'aventure! s'enthousiasme Sod en faisant une pirouette.

— Pour le pic d'Argon, dites-vous? Hum… Vous aurez des épreuves très difficiles à traverser, mes petits, laisse entendre Protactinium, une des pires étant celle du désert de sel du Fourcuisant. Vous aurez besoin d'aide…

Pendant que les préparatifs de départ vont bon train au village des Frontaliers du nord, Cobalt parcourt à grandes enjambées le chantier des mange-montagne. Elle s'est infiltrée parmi les travailleurs et mène l'enquête sur les traces d'Oxy et de Chlore. L'androïde procède par tâtonnement et demande avec assurance à tout ceux qu'elle croise:

— Je suis chargée par la haute direction de Métapolis de vérifier les inventaires et les effectifs des chantiers. Avez-vous remarqué quelque chose d'anormal ces derniers temps? Des disparitions?

Non, personne n'a rien remarqué. À croire que ses amis ne sont jamais passés par ici. Au bord du découragement, Cobalt décide de pousser ses recherches plus avant dans la Zone. Mais par où commencer? D'abord, la sortie.

— Avez-vous remarqué quelque chose d'anormal ces derniers temps? demande-t-elle machinalement en arrivant au poste de contrôle.

— Maintenant que vous le demandez, oui, lui répond le gardien, ulcéré. Il manque deux survêtements.

Ah, tiens? Deux? Cachant l'explosion de joie qui la submerge, Cobalt lui demande des précisions. Le métaAtomix lui parle des deux ouvriers au comportement étrange.

— Des petits. Ils ont profité de l'éboulis pour quitter le chantier en emportant les survêtements avec eux, conclut-il d'une voix tremblante d'indignation. C'est une honte!

— Deux petits, dites-vous? Ne vous en faites pas, nous les retrouverons…

Ce qu'elle souhaite de tout cœur.

Dans le train qui l'emmène malgré lui vers le Réactron, Oxy observe par la fenêtre le long tube qui semble se perdre à l'horizon.

« L'Accélérotron… une des installations diaboliques de ce fou de Technétium ! » peste-t-il intérieurement.

Assis sur le banc en face de lui, Chlore est coincé entre la fenêtre et une énorme punaise qui prend toute la place. Terrorisé par la grosse métaAtomix, l'éléphant n'ose ni bouger ni protester. Il reprend courage quand un robot métallique lui présente un sac rempli d'appétissantes capsules d'énergie de toutes les couleurs.

– Oh ! Des capsules…

Chlore ne peut pas résister et s'en met plein les poches. Oxy accepte aussi volontiers l'offre du robot et sent avec plaisir l'onde bienveillante d'énergie l'envahir quand il croque dans une capsule dorée. « La Zone n'a pas que des mauvais côtés », tente-t-il de se rassurer.

Après avoir parcouru la moitié des plaines de l'Aunor, le train s'immobilise devant une construction hallucinante. Oxy n'a jamais rien vu de pareil.

La construction, dont le centre est vide, s'élève aussi bien en hauteur qu'elle s'enfonce dans les entrailles du Mini-monde. Tout autour, des galeries circulaires sont reliées les unes aux autres par un enchevêtrement de structures de métal, de poutres et d'escaliers qui partent dans toutes les directions, même à l'envers, comme si le haut et le bas n'existaient pas. Huit cylindres gigantesques, longeant les parois de bas en haut, sont repliés comme les pattes d'une araignée monstrueuse qui s'apprêterait à jaillir des profondeurs de la terre. « Qu'est-ce que Technétium peut bien manigancer ici ? » se demande, intrigué, le centaure.

En débarquant du train, ils sont immédiatement dirigés vers l'entrée qui paraît minuscule comparée à la hauteur démesurée des édifices qui l'entourent. Oxy se fait l'effet d'une fourmi qui entre dans le repère d'un géant.

– Bienvenue au Réactron. Vous avez devant vous la nouvelle, grandiose et géniale réalisation de notre chef glorieux.

Après ces brefs mots d'accueil, ils sont entassés sans plus de façons dans un monte-charge inconfortable.

– Vous êtes assignés à l'équipe du dessous.

– L'équipe du dessous… Peuh ! Bienvenue en enfer, ouais, grommelle à voix basse un des métaAtomix à côté d'Oxy. Il n'y a que les plus chanceux qui revoient la lumière du jour, à ce qu'on dit.

Mort de trouille à mesure qu'il s'enfonce sous terre dans un boucan infernal, le centaure cherche désespérément une solution.

– Oxy… On n'arrivera jamais à sortir d'ici, murmure Chlore effrayé à son oreille.

ᴍᴍᴍᴍᴍᴍᴍᴍᴍᴍᴍᴍᴍᴍᴍᴍMMMMMMMMM

Olivier, bousculé par Tek, revient dans la réalité du Macro-monde. Que vient faire le garçon dans leur coin de la cour ? Sait-il qu'Oxy est actuellement dans la Zone ? Mais, sans lui porter attention, Tek marche d'un pas résolu jusqu'à Éli et la secoue sans ménagement.

– Hé ! Au lieu de dormir debout comme une jument, tu devrais penser à un sujet pour lundi.

Éli n'en revient pas d'être ainsi brusquement ramenée du Mini-monde par cet effronté. Quel culot ! Comment Tek ose-t-il lui adresser la parole ? S'il croit qu'elle va travailler avec lui… Ça, jamais ! Elle lui lance un regard de défi et serre les lèvres. Grâce à lui, elle sait très bien comment faire la muette.

– Laisse-la tranquille, intervient Olivier, tu ne vois pas qu'elle ne veut pas te parler ?

– Puisqu'on doit travailler ensemble, il va bien falloir qu'elle le fasse.

Pour toute réponse, Éli tourne les talons et s'éloigne, entourée de ses amis.

– Qu'est-ce qu'il te voulait ? demande Nadine avec curiosité.

– On doit préparer un numéro d'humour ensemble… mais il fera le clown sans moi !

– Tiens, en parlant d'humour… Ça me fait penser à une petite énigme : la mère d'Arthur a trois fils : Cric, Crac et… ? demande Nadine en s'adressant au groupe.

– Croc ! s'écrit joyeusement Claude, tout fier pour une fois de trouver la solution avant tout le monde.

Sa réponse a pour effet de plonger Nadine dans une crise d'hilarité incontrôlable.

– Mais… qu'est-ce que j'ai dit de si drôle ? s'étonne le garçon qui ne comprend pas qu'il vient de tomber dans un des pièges de cette incorrigible joueuse de tour.

Il n'est pas le seul car, à part Nadine qui connaît la bonne réponse, les enfants qui ont suivi la scène se regardent avec embarras. Dans leur for intérieur, ils ont tous répondu « Croc ». Cric, Crac et… Croc ! Normal, non ?

Durant l'après-midi, madame Rachel aborde un sujet qui passionne toute la classe : les tremblements de terre.

– Pour suivre la leçon, vous devez vous attacher sur vos sièges et porter un casque protecteur. Il n'y a aucun risque, mais on ne sait jamais, des tuiles pourraient se détacher du plafond. Tout le monde est prêt? Bien. Nous allons commencer par une petite secousse sismique de magnitude 1 sur l'échelle de Richter. Observez bien votre sismographe.

À part Éli, étonnée par les vibrations de son CP portatif, les élèves ne sentent rien. « Qui peut bien chercher à me joindre? » se demande-t-elle. Tom ne lui écrit que très rarement durant les cours. Elle se dit qu'il doit s'agir d'une urgence et, malgré l'interdiction de prendre des communications personnelles en classe, consulte l'écran de son petit appareil et laisse échapper un cri d'étonnement. Tous les élèves se tournent dans sa direction et madame Rachel interrompt immédiatement le tremblement de terre en cours dans la classe.

– As-tu un problème, Éli?

– Heu… non, non… j'ai juste eu une crampe au mollet, fait-elle en massant sa jambe tout en dissimulant son CP. C'est déjà passé.

Mais Tom n'est pas dupe.

– Psittt! Qu'est-ce qui se passe? tente-t-il de savoir.

La petite fille ne lui porte pas attention et, dès que madame Rachel reprend le cours, se jette sur son CP avec impatience.

– Vous n'avez rien senti aux niveaux 1 et 2, poursuit l'enseignante, passons maintenant au tremblement de terre de magnitude 3 sur l'échelle de Richter.

La classe se met à vibrer et des craquements se font entendre. Les élèves laissent fuser de petits rires nerveux. Ballottée sur son siège, Éli reste insensible à ce qui se passe autour d'elle. Elle n'en revient tout simplement pas : elle vient de recevoir un courriel de Charly !

Le garçon lui écrit qu'ils sont retenus prisonniers loin d'Entropia et qu'on les oblige à travailler dans une usine de recyclage d'ordinateurs. Les ordinateurs usagés sont démontés et les enfants doivent ensuite trier et récupérer les composantes.

« Eh oui ! Il n'y a que des enfants qui travaillent ici, écrit Charly. J'ai réussi à faire fonctionner le vieil ordinateur portable que j'utilise actuellement. Nous allons bien. Surtout, n'avertis pas les autorités de notre disparition. Ca »

Éli répond sur-le-champ en espérant que Charly soit encore en ligne.

« Comme je suis contente d'avoir de vos nouvelles ! Trop tard pour les autorités, l'inspecteur Ohms est déjà sur votre piste. He »

« Dis-lui que nous sommes avec nos parents. On s'arrange avec le reste. »

« Dac. Comment allez vous faire pour rentrer ? »

« T'inquiète pas, on a un plan ! Oh, le surveillant arrive. Bye… »

Estomaquée, Éli lève la tête et croise le regard interrogateur de Tom. « Et alors ? » Elle lui sourit et articule lentement en silence : « Tout-va-bi-en. »

Pendant que madame Rachel fait vivre à ses élèves une secousse sismique de force quatre et que les objets sur les étagères se mettent à s'entrechoquer bruyamment, quelque part, très loin d'Entropia, sur une petite île perdue de l'autre côté de l'océan Atlantique, dans une usine remplie d'un vacarme étourdissant, Charly pianote à toute vitesse sur le clavier d'un ordinateur antique…

Il n'a pas de temps à perdre, le surveillant vient de disparaître à l'autre bout de l'allée. Magalie fait le guet pendant qu'il transmet à l'école des Zorbitals une fausse lettre de ses parents : « Veuillez prendre note que nos enfants, Magalie et Charly, sont venus nous rejoindre et qu'ils voyageront avec nous … » suivi de l'habituel blabla officiel.

Charly écrit ensuite à ses parents pour les rassurer, il dit que tout va bien à l'école et à la pension, il les embrasse. Il n'est pas question de les inquiéter avec leur petit problème, Magalie et lui étant parfaitement capables de se débrouiller seuls. En coupant la communication, il a cependant un petit pincement au cœur. Peut-être que, pour une fois, ils auraient dû demander de l'aide.

Magalie glisse une main dans la poche de sa veste et sent sous ses doigts une mince feuille de plastique… Oh! la photo qu'elle a emportée de la maison juste avant son enlèvement. Ses parents, tout sourire, la regardent. Les yeux de Magalie se brouillent de larmes. Elle passe la photo à Charly et sent l'émotion gagner son frère. Leurs mains se cherchent, se rejoignent et ils se réconfortent. Tant qu'ils restent unis, envers et contre tous… Personne ne peut leur enlever cette force capable de soulever des montagnes.

– Maintenant que tout le monde est rassuré, fait observer Charly en démontant l'ordinateur, concentrons-nous sur notre évasion.

Éli est surprise de trouver l'inspecteur Ohms qui l'attend à la sortie de l'école. À voir sa mine sévère, elle comprend qu'il n'est pas d'humeur à plaisanter.

– Bonjour, Éli. Est-ce que je peux te parler un moment ? Il semble bien que cette histoire de jumeaux…

– Inspecteur Ohms, comme ça tombe bien ! s'exclame-t-elle en lui coupant la parole pour prendre les devants. Je voulais justement vous en parler. Je sais où sont les jumeaux : Magalie et Charly voyagent avec leurs parents. Ils m'ont écrit tout à l'heure… Je me suis énervée pour rien, désolée !

Ces renseignements corroborent ceux qu'il a obtenus de l'école. L'inspecteur décide donc de clore le dossier. Il est cependant trop tard pour rattraper les pisteurs, un million de milliards de pisteurs lâchés dans la ville pour rien. Quel gâchis ! Et tout ça pour des frayeurs irraisonnées de petite fille !

Claude saute pesamment sur sa plaque anti-gravité et prend le chemin de la maison. Il suit Olivier et Tom sans chercher à les rejoindre. Il fréquente suffisamment Oxy comme ça dans le Mini-monde. Il a d'ailleurs besoin de faire le point sur toutes ces aventures épuisantes. Perdu dans ses réflexions, il ne remarque pas que Sabine l'a rejoint.

– Salut ! dit-elle en le faisant sursauter. Veux-tu qu'on prépare notre exposé, ce soir ?

– Heu… si tu veux.

– On peut aller chez moi. J'habite à côté. As-tu besoin de prévenir tes parents ?

– Heu… j'enverrai un message à mon père quand on sera chez toi.

Mais, après leur arrivée, Sabine constate que Claude n'en fait rien. Pis encore, il fait semblant de se brancher et d'écrire. Curieux !

Sabine n'arrive pas à s'intéresser à leur travail d'équipe. Dévorée par la curiosité, elle cherche à faire parler Claude. Elle veut savoir ce que font Chlore et Oxy dans la Zone. Mais, plus elle insiste, plus le timide garçon se mure dans le silence.

– Je crois qu'il est temps que je rentre, mon père m'attend, annonce-t-il, soudain pressé de partir.

Impossible de lui soutirer le moindre renseignement, comme si Claude cachait quelque chose…

Chapitre 4
La traversée de l'enfer

Lundi matin, en entrant dans la classe, Éli confie à Tom qu'elle n'a absolument rien préparé pour la compétition d'humour.

– Je n'ai pas répondu aux courriels de Tek. Alors, s'il n'a rien préparé, on est cuits, et s'il a préparé quelque chose, je n'en connais pas le sujet ! Dans les deux cas…

Quand son tour arrive, morte de trac, elle gagne l'avant de la classe en marchant comme si elle se rendait à l'échafaud. « Bon, je vais avoir l'air nouille, mais ce n'est qu'un mauvais moment à passer », se raisonne-t-elle, les mains moites.

Tek la rejoint et commence à raconter une histoire de voyage dans le temps dans laquelle un homme serait retourné dans le passé en passant par un trou de vers et serait devenu… son propre père ! Il se croit très drôle mais ne fait rire personne.

Gênée, Éli, le rouge aux joues, ne sait pas où se mettre. Elle se demande comment faire pour museler cet arrogant de Tek. Elle a alors une véritable idée de génie.

– Tut, tut! lance-t-elle bien fort en interrompant l'ennuyeux monologue de Tek.

– Mais… mais… bafouille celui-ci en la regardant, interloqué.

– Tut, tut! Pas de mais… mais de la simplicité. On n'embrouille pas les gens comme ça avec le temps, fait-elle en imitant à la perfection madame Quersek, la sévère remplaçante qu'ils ont eue au début du mois.

Quel talent d'imitatrice! Pendant qu'Éli poursuit sur sa lancée, Tek reste bouche bée et les élèves s'écroulent de rire. Un à zéro pour Éli!

Bien que l'interprétation de son amie soit parfaite, Tom ne rit pas beaucoup. Il ne peut pas s'empêcher d'être touché par cette histoire de voyage dans le temps derrière laquelle il sent une détresse qu'il connaît trop bien… En effet, Tek et lui ont un point en commun: ils n'ont pas connu leur père.

Tom éprouve l'envie de partager ce qu'il ressent avec Tek – pourquoi pas? – et profite de la récréation pour l'aborder.

– Je comprends que tu aies envie de retourner dans le passé pour rencontrer ton père… Ah! si c'était possible. Je suis comme toi, tu sais, j'ai perdu le mien aussi.

– Tu n'y es pas du tout. Toi et moi, c'est complètement différent. Mes parents sont morts dans un accident, ment le garçon avec hargne. Alors que toi, ton père t'a abandonné !

– Menteur !

– Ce n'est pas moi qui le dis. Tu n'as qu'à le demander à ma grand-mère. Elle ne ment jamais. Elle dit que ton père a disparu du jour au lendemain, sans donner d'explications. Ce n'est pas pareil pour moi. Mon père n'a pas eu le choix sinon JAMAIS il ne m'aurait abandonné, lui.

Tom, troublé par les paroles méchantes de Tek, se laisse entraîner par Éli qui le tire par la manche.

– Ne l'écoute pas. Il dit n'importe quoi ! Il est tellement bête.

« Pas si bête que ça », se dit Tek. Grâce à son allié secret, monsieur P., il saurait bientôt tout sur les voyages dans le temps et, qui sait, sur son père peut-être…

Durant la fin de semaine, Tek a communiqué avec son mystérieux correspondant et lui a avoué qu'il croyait venir du passé. Il lui a tout raconté sur la photo ancienne et sur le fait que sa grand-mère – très gentille au demeurant – prétende que le garçon sur la photo (et qui lui ressemble comme deux gouttes d'eau !) soit

Jérôme, son fils adoptif. Tek a aussi expliqué à monsieur P. que sa grand-mère n'a pas toujours toute sa tête, qu'il pense que Jérôme n'existe pas en réalité et que le garçon sur la photo, c'est lui, Tek. Pour finir, il a demandé à monsieur P. si les voyages dans le temps étaient possibles.

Il attend la réponse de monsieur P. avec impatience. Moi, « bête » ? Décidément, Éli ne le porte pas dans son cœur…

Et s'il y avait du vrai dans ce que Tek a dit ? Son père l'avait peut-être abandonné, après tout, se dit Tom, bouleversé par les insinuations de Tek

Mise au courant par Éli, Nadine peste contre la méchanceté de Tek. Pourquoi s'acharne-t-il contre son ami ? Nadine se penche à son tour sur l'Œil de cristal et *pouffe* dans le Mini-monde, de fort mauvaise humeur.

MMMMMMMMMMMMMMMMMMMMMMMMMMM

– Il paraît que vous partez pour le pic d'Argon ? s'informe Plomb le castor en entrant dans le grand hall de l'auberge où Azote, Sod, Hydro, Héli et Antimoine assemblent leur matériel en vue du départ.

– On ne peut rien te cacher, réplique Sod qui semble s'être levée du mauvais pied.

— Vous n'irez pas bien loin, habillés comme ça, réplique le castor qui ne se laisse pas démonter par le ton cinglant de la petite guenon. En plus, il vous faudra un guide pour traverser le désert de sel.

— On le trouvera où, le guide, monsieur je-sais-tout ?

— Devant toi ! Je connais le désert comme le fond de ma poche.

— Dis donc, c'est toi qui as fait toutes ces sculptures ? intervient Hydro pour détourner la mauvaise humeur de Sod du pauvre castor qui n'a rien fait.

— Moi-même en personne, répond fièrement le castor. Mes dents poussent continuellement, alors je dois toujours gruger quelque chose, sinon mes incisives finiraient par être tellement longues que je ne pourrais plus fermer la bouche. Avant, je vivais dans la forêt des mûres-mûres, mais les arbres ont protesté et m'ont finalement chassé…

— Je comprends pourquoi ! intervient Sod.

— On m'a ensuite accueilli au village, mais je me suis mis à ronger les maisons en cachette… Un jour, Protactinium m'a encouragé à ne pas donner des coups de dents n'importe comment, mais plutôt à me montrer créatif. Depuis, la sculpture est devenue pour moi une véritable passion.

– Bon, si tout le monde est prêt, mettons-nous en route. Plomb peut nous accompagner si ça lui chante, décrète Azote. Nous ne serons pas trop de six pour affronter les dangers du voyage et, s'il connaît le coin comme il le dit, aussi bien en profiter.

– Dans ce cas…

Le castor tire de son sac une ample tunique qu'il passe par-dessus ses vêtements. Il enroule ensuite autour de sa tête et de son cou un long turban bleu et, pour finir, il dépose sur son nez de drôles de lunettes, deux fentes horizontales taillées dans un bout de bois. À la fin, on ne voit plus que le bout de sa queue, marquée du symbole Pb, qui dépasse.

– Voilà, je suis prêt pour la traversée du Fourcuisant.

En le voyant ainsi accoutré, Sod part d'un grand éclat de rire.

– Ne ris pas, tu devrais plutôt faire comme moi.

– Si tu crois que je vais me déguiser comme ça, jamais de la vie !

« Elle aurait besoin d'un peu de plomb dans la cervelle, celle-là », pense le castor en restant imperturbable.

Ils terminent leurs préparatifs et, avant le départ, Héli se rend à l'hôpital pour dire au revoir à Cal et à Mag. Comme ils sont en quarantaine, la petite fée ne peut pas les approcher. Ils sont séparés par une épaisse paroi de verre et doivent parler dans un trou spécial recouvert d'un filtre.

– Qui êtes-vous ? lui demande Cal quand il la voit arriver.

« Le pauvre. » Consternée qu'il ne la reconnaisse pas, Héli se dit que la terrible maladie n'a pas seulement frappé les électrons du chat, mais qu'elle l'a aussi atteint, lui…

– C'est moi ! C'est Héli ! s'écrie-t-elle, paniquée.

– Héli ? Ne crie pas, je ne suis pas sourd. Comment veux-tu qu'on te reconnaisse habillée comme ça ?

– Oups ! C'est vrai !

Dans son énervement, Héli a oublié qu'elle porte sa tenue de fée du désert, avec turban mauve et boubou coloré.

Elle explique aux félins qu'ils partent pour le pic d'Argon et qu'ils devront traverser des endroits inhospitaliers et terrifiants.

– On se revoit à notre retour. En attendant, soignez bien vos électrons !

Les félins, qui raffolent des lieux inhospitaliers et terrifiants, poussent des gros soupirs… Quelle misère ! Encore une fois, ils doivent rester derrière à s'ennuyer pendant que les autres partent à l'aventure.

Puisqu'il ne reste que peu de villageois sur pied, les adieux sont brefs. En fait, ils se résument à un salut de la nageoire qu'Iode le dauphin leur adresse du haut des remparts avant de repartir soigner ses malades à l'hôpital.

– Quel village accueillant ! fait remarquer Azote avec ironie.

Devant le groupe, la petite guenon bondit sur le sable, aussi libre que le vent. À cause de son entêtement et contrairement à tous les autres – personne n'a pu la convaincre ! –, Sod n'est pas empêtrée dans une tenue du désert.

Peu après avoir quitté le village, les mini-Atomix arrivent en vue d'une large bande de sable entrecoupée de zones de sable mouillé.

– Voici le couloir du sirocco polisseur, annonce le castor en enroulant son turban pour se couvrir complètement le visage. L'endroit idéal pour faire vieillir mes œuvres. Un vent chaud et abrasif souffle sans arrêt ici.

Un peu partout autour d'eux, des morceaux de bois sculpté, entourés de poussière ocre, s'élèvent comme s'ils avaient poussé dans les creux de sable humide. Balayés par le vent, les grains de sable entrent et sortent sans répit des replis de bois en arrachant de minuscules copeaux. Ainsi polies par le sable, le vent, la chaleur et le temps, les œuvres de Plomb acquièrent une douceur et une patine dorée à faire rêver.

— Attendez-moi un instant, je vais vérifier l'état du polissage. Surtout, restez sur la zone sèche.

Distraite, Antimoine n'écoute pas l'avertissement de Plomb. Au contraire, elle retire ses sandales et s'avance délibérément sur la fine pellicule d'eau. Debout, immobile, la pieuvre sent avec bonheur ses pieds s'enfoncer dans le sable frais. Ah! Quel contraste avec l'insupportable chaleur du désert!

— ...et si jamais vous vous aventurez sur les sables mouvants, n'oubliez pas, il ne faut jamais rester immobile, prévient le castor en sautillant d'une sculpture à l'autre d'une étrange manière.

Le conseil arrive trop tard! Antimoine sent le sable se resserrer comme un étau autour de ses chevilles. Impossible de sortir ses pieds de là. Elle est prise au piège. Mais il y a pire, elle constate avec horreur qu'elle continue à s'enfoncer...

— Au secours! Tirez-moi de là!

Poussé par le sirocco ardent, le sable qui entre dans sa bouche la force à se taire. Azote et Hydro s'élancent à son secours mais sont stoppés net dans leur élan par le terrible avertissement de Plomb qui leur coupe les jambes.

– Ne bougez pas d'où vous êtes. Vous risquez de vous enliser aussi.

Sur un ton très calme, le castor explique à la pieuvre qu'ils ne peuvent, hélas, rien faire pour elle.

– Mais… mais… bafouille la pauvre avec effroi en s'imaginant prise au piège à tout jamais.

– Tu dois te sortir de là toute seule. Voilà ce que tu vas faire…

En suivant à la lettre les instructions de Plomb, la pieuvre se laisse tomber à plat ventre. Elle tente de bouger un pied en lui imprimant de petites secousses. Au début, il ne se passe rien puis, tranquillement, l'eau s'infiltre, le sable autour de sa cheville redevient plus mobile, son pied entre finalement en mouvement, puis ploc !, s'arrache d'un coup dans un horrible bruit de succion. Après avoir libéré son deuxième pied de la même manière, Antimoine quitte les lieux en courant à quatre pattes et retrouve avec bonheur le sable sec et brûlant du désert.

Moli / Molybdène

Fanny / Francium

– Je m'enfonçais, je m'enfonçais… un peu plus, et ce truc m'engloutissait pour de bon, répète la pieuvre nerveusement.

– Pas du tout. Tu aurais calé jusqu'aux cuisses tout au plus. Mais après, le sirocco et le sable seraient venus à bout de ta patience en t'attaquant sans répit, comme mes sculptures.

Après l'épisode des sables mouvants, personne, pas même Azote, ne songe à contester l'autorité du castor. Avec Plomb en tête, ils traversent sans encombre le sirocco ardent en faisant très attention où ils posent les pieds. Tremblante de peur à chaque pas, Antimoine reste accrochée au boubou d'Héli. La petite fée, qui ne peut pas utiliser ses ailes à cause de sa tunique, trouve la marche bien pénible et se demande si elle n'aurait pas dû faire comme Sod.

C'est alors que le paysage change du tout au tout : le vent tombe et le sable se fait plus rare.

– À partir d'ici, leur fait savoir le castor sur un ton cérémonieux, nous sommes devant deux possibilités. Nous pouvons, soit prendre un détour interminable qui passe par la tranche du monde, soit couper tout droit par le chemin le plus court.

Hydro comprend qu'il y a un hic.

– Et qu'est-ce qui ne va pas avec le plus court chemin ?

– Il passe par le désert de sel du Fourcuisant...

– Et alors ? Fourcuisant ou pas, on ne va pas perdre plusieurs jours à faire trois fois le tour du Mini-monde pour rien ! Moi, je vote pour le Four, choisit Sod avec désinvolture.

– Qu'est-ce qu'il a, le désert de sel ? s'informe Azote la prudente.

Plomb leur explique la particularité des lieux.

– Il s'agit d'un ancien lac d'eau salé qui s'est asséché avec le temps. En s'évaporant, l'eau a laissé derrière une épaisse couche de sel.

– Enfin débarrassés du sable ! se réjouit la petite guenon sur un ton léger.

– Ce n'est pas mieux. Les cristaux de sel agissent comme des milliards de petits miroirs qui réfléchissent les rayons du soleil. À certaines heures du jour, la lumière devient si intense qu'elle peut, en un instant, brûler l'intérieur de l'œil et rendre aveugle. Autrement dit, nous devons absolument traverser le Fourcuisant avant que le soleil atteigne le zénith, sinon...

– Quelles sont nos chances d'en sortir ?

– J'ai franchi le désert de sel deux fois sans encombre. Il y a toujours un risque... En tout cas, il ne faut pas traîner, car le soleil est déjà haut. Il ne reste que trois heures avant midi.

– Très bien, alors allons-y !

Plomb le castor a dit vrai. Aussitôt que Sod pose le pied sur la surface blanche et lisse du désert de sel, ses yeux sont violemment assaillis par une lumière éblouissante. À cause de son entêtement, la petite guenon a également refusé d'apporter les ridicules lunettes à fentes. Elle le regrette à présent, mais elle préfère mille fois endurer le calvaire que de se plaindre.

À mesure, qu'ils avancent sur le lac séché, la chaleur et la luminosité augmentent et deviennent insupportables. Sod a l'impression qu'on lui enfonce des lances dans les yeux. Étourdie par la douleur, elle plisse les paupières sans pourtant arriver à échapper à cette lumière cruelle.

Les heures passent. Le sel crisse sous ses pas, il règne une chaleur de plomb. La langue pendante et les yeux endoloris, la petite guenon trouve que l'aventure a assez duré. Mais elle n'est pas au bout de ses peines…

– Dépêchez-vous, les presse Plomb, le soleil sera bientôt au-dessus de nous, vite !

Les miniAtomix hâtent le pas avec effort car, même avec les lunettes, la lumière crue s'infiltre par les fentes et leur brûle les yeux.

Puis, soudainement, sans raison apparente, Sod se met à courir sur la surface de sel en criant, comme frappée de folie.

— Ce n'est vraiment pas le moment de faire ta drôle, la rabroue Azote en jetant un coup d'œil inquiet au soleil. Il ne reste pas beaucoup de temps.

Mais, pour une fois, la petite guenon ne cherche pas du tout à rire… Sur un ton de panique, elle répète en criant :

— Hydro ! Je ne vois plus rien. Je suis aveugle !

Au même moment, au Réactron, Oxy et Chlore avancent pliés en deux le long d'un étroit conduit. Étant donné leur petite taille, ils ont été assignés à l'équipe d'urgence. Les membres de cette équipe patrouillent les conduits d'aération et doivent repérer éboulis, bris de structure, problèmes de circuit…

— Et si on restait pris dans ce trou à rats ? s'inquiète Chlore. Qui viendrait à notre secours, hein ?

— Préférerais-tu creuser dans les fosses ?

Oxy n'avait pas mis longtemps à comprendre le fonctionnement du chantier et les avantages de faire partie de l'équipe d'urgence. Avec leur brassard orange, ils pouvaient circuler librement sans être questionnés et, travaillant à l'écart, ils avaient beaucoup moins de chance d'être repérés.

Mais le centaure a surtout compris que leur seul espoir de s'en sortir était de remonter à la surface au plus vite.

– Chlore, suis-moi. On part!

– Hein?… Là, comme ça?

– Chut! Tu vas nous faire repérer.

Chlore est déçu quand il voit le centaure s'enfoncer plus avant dans les conduits. « Oh non! Pas encore! » Oxy avance sans prendre la peine de lui donner d'explications. Leurs lampes frontales éclairent faiblement le conduit.

– Attends-moi, tu marches trop vite, se plaint l'éléphant, le souffle court.

Plus loin, le centaure s'immobilise puis se redresse complètement en insérant son corps dans un conduit qui débouche vers le haut.

– Par ici la sortie!

Oxy se hisse dans le conduit vertical en calant son dos d'un côté et en prenant appui avec ses sabots sur l'autre côté. Il commence alors une lente ascension vers les étages supérieurs.

– Oxy? Qu'est-ce que tu fais? Où vas-tu?

– Fais comme moi. Grimpe! Ce n'est pas si difficile que ça.

– Je ne serai jamais capable !

– Alors reste là.

– Oxy ?

Chlore se retrouve seul. La lumière frontale de son ami ressemble maintenant à un petit point lumineux au fond d'une cheminée noire. Poussé par la peur, l'éléphant se hisse à son tour dans le conduit vertical et prend la même position que le centaure. Chlore est surpris de constater qu'il peut monter sans effort. Son enthousiasme lui fait oublier le danger… Quand les ténèbres se referment sous lui, il se rend soudain compte que, s'il perd pied, la chute sera sans merci !

– Oxy ?

– Oh, tu es là, toi !

– Oxy, j'ai peur !

ᴍᴍᴍᴍᴍᴍᴍᴍᴍᴍᴍᴍMMMMMMMMMMMMM

De retour dans la cour d'école, Claude a l'impression d'avoir encore le vertige. Il tremble. Inquiète pour lui mais également poussée par la curiosité, Sabine lui demande s'il se sent bien. Olivier intervient et répond à sa place.

– Ce qui se passe dans la Zone ne regarde que nous. Si tu as des questions à poser, viens me voir.

Leur situation est trop critique. En vérité, Olivier se dit que, s'il y a des espions dans leur groupe, moins ils dévoilent d'informations, moins ils risquent de se faire prendre… à moins que l'espion ne soit tout près.

Les cris de Nadine l'extirpent de ses réflexions et attirent l'attention de la surveillante.

– Aïe ! Aïe ! se plaint la petite fille en se tenant l'œil. Ça chauffe !

La seconde d'après, au milieu de la cour de l'école, Nadine se retrouve couchée sur un brancard entouré de paravents transparents. Les robots infirmiers procèdent à un examen de son œil et en retirent… un grain de sable !

– Du sable ? s'interroge la surveillante. Mais d'où cela peut-il bien venir ?

Bien loin des rires joyeux de leur classe et de la bienveillance de madame Rachel, les jumeaux sont penchés sur leurs postes de travail… Depuis leur enlèvement, ils sont forcés de travailler, avec d'autres enfants, dans une usine de récupération de pièces d'ordinateurs.

Dans la grande salle bruyante, des centaines d'enfants s'activent autour des tapis roulants qui défilent devant eux et sur lesquels s'entassent des morceaux de plastique, des fils de cuivre, des puces, des écrans de verre…

À un bout de la chaîne se trouve une pile d'ordinateurs usagés. Ceux-ci sont éventrés, réduits en pièces ; les morceaux sont ensuite déposés sur les tapis roulants. Chaque enfant doit alors repérer et récupérer la pièce assignée à son poste de travail. Magalie doit trier les diodes rouges à quatre pattes, et gare à elle si elle en laisse passer une ! Quant à Charly, il travaille au démantèlement des ordinateurs qui ne cessent de s'empiler derrière lui.

— Plus vite !

C'est justement grâce à cette tâche que, quelques jours plus tôt, il a mis la main sur un portable encore en état de marche. Il l'a dissimulé et s'en est servi pour écrire à Éli.

Mais, en ce moment, Charly ne pense qu'à une seule chose : sortir de cette usine infernale. Il regarde sa sœur qui lève la tête au même instant. Les jumeaux se comprennent du regard : « Filons d'ici au plus vite ! »

— Hé, le pâlot ! l'apostrophe Yero, un grand gaillard costaud, en faisant référence à la couleur de sa peau. Tu ne vois pas que tu ralentis tout le monde. Accélère la cadence !

— Je ne suis pas Paulo, je m'appelle Charly !

Le sang froid de Charly, qui répond du tac au tac à ce garçon faisant deux fois sa taille, lui attire des sympathies.

En quittant la pièce pour se rendre à la cafétéria, Charly et Magalie sont abordés par un jeune garçon aux allures délurées.

— Bravo! le félicite celui-ci. Il n'y en a pas beaucoup qui osent tenir tête à Yero. Je peux m'asseoir avec vous?

— Si tu veux.

— Je m'appelle Codjo.

— Moi, c'est Charly…

— Et moi Magalie, nous sommes jumeaux.

— Non, sans blague! On ne dirait pas. Vous êtes, comment dire, si différents l'un de l'autre. Au fait, on ne voit pas souvent de nouveaux dans le coin. D'où venez-vous?

Charly se demande s'il est prudent de lui répondre, mais Magalie, qui semble à l'aise, prend les devants.

— On vient d'Entropia. Et toi?

— Je viens du continent… du Nigeria. Je vis avec ma famille à Lagos.

Le garçon pointe le fond de la baie.

— Le Nigeria? Mais alors… nous… nous sommes en Afrique?

— Exactement! Sur l'île aux Puces, plus précisément.

— Es-tu prisonnier, comme nous?

— Moi? Jamais de la vie! Je travaille ici par choix.

— Retournes-tu chez toi parfois?

— Bien sûr. Justement, je repars dans quelques jours.

— Parfait, on va partir avec toi.

— Désolé! Vous ne pouvez pas quitter l'île sans puce de sortie (Codjo leur montre une petite bosse qu'il a sous la peau, près du pouce). Ils surveillent.

— C'est révoltant! Je ne comprends pas. Comment peux-tu accepter de travailler volontairement dans cet endroit abominable?

— Mes parents sont très pauvres… alors, pour les aider, de temps en temps je viens sur l'île.

— Tu ne vas pas à l'école?

— Oh oui! Quand je suis à Lagos.

En continuant la conversation, Codjo sort de sa poche une pierre de la grosseur d'un pruneau et commence à la polir avec un papier sablé extrafin.

— Qu'est-ce que tu fais?

— Oh ça? C'est un cristal. Il n'a aucun défaut, c'est très rare. Je le polis depuis des mois. Quand il sera parfaitement lisse et transparent, je pourrai en tirer un bon prix.

Magalie et Charly pensent tout de suite à l'Œil de cristal mais ne disent rien. Ils ne connaissent pas assez Codjo pour lui révéler le secret du Mini-monde.

— En tout cas, on ne restera pas longtemps à moisir ici, affirme Magalie.

Codjo les regarde avec compassion.

— Ils ne vous laisseront jamais partir.

— On voit bien que tu ne nous connais pas !

— Personne ne s'est jamais évadé de cette île.

— C'est peut-être parce que personne n'a jamais pensé…

— …à s'évader de l'intérieur !

De l'intérieur ? Impressionné par la détermination de ses nouveaux amis, Codjo décide de les aider. Après le repas, ils sortent dehors et Codjo leur fait visiter les lieux.

— Comme vous pouvez le constater, l'île est entièrement consacrée à la récupération électronique. Il n'y a pas d'autre bâtiment. Les vieux ordinateurs sont livrés par milliers par les immenses bateaux que vous voyez là-bas. Ceux-ci repartent chaque jour chargés de boîtes de produits recyclés : plastique, verre, ferraille, composantes électroniques et métaux précieux comme l'or…

En poursuivant la visite, Codjo fournit aux jumeaux le plus de renseignements possible sur l'usine, l'île, le port, les points de contrôle, les gardiens…

— Ici, c'est la plage, mais personne ne se baigne, car les courants sont extrêmement dangereux et l'eau est infestée de requins. Voilà, nous sommes de retour à nos baraquements.

En moins d'une demi-heure, ils ont fait le tour de leur minuscule prison.

— Impossible de quitter cette île à moins d'avoir des ailes, conclut Codjo.

Chapitre 5
Les jumeaux disparaissent pour de bon

Près des côtes africaines, sur l'île aux Puces, la journée de travail se termine. Les jumeaux traînent de la patte en laissant passer devant eux les autres enfants. Dans le dortoir, où sont alignés côte à côte des centaines de petits lits, Codjo attend l'arrivée de Charly et de Magalie. Mais il attend en vain. Que préparent donc ses nouveaux amis?

En effectuant sa tournée, le responsable de chambrée constate avec étonnement que les lits de Charly et Magalie sont vides.

– Où sont les nouveaux? s'informe-t-il auprès des enfants.

Mais personne ne les a vus depuis un moment. Sans hésiter, l'homme déclenche l'alerte générale et, aussitôt, des dizaines de gardiens se mettent à la recherche des deux fugitifs. Pas de traces d'eux dans le dortoir, ni dans la cafétéria, ni dans l'atelier…

Des boîtes éparpillées pêle-mêle sur le plancher de l'atelier de travail laissent penser que les jumeaux ont peut-être pris la fuite en sortant par l'ouverture de livraison. L'île, qui est toute petite, est passée au peigne fin. Rien. C'est absolument incompréhensible : les jumeaux semblent s'être volatilisés !

Fou de joie, Codjo n'en revient pas. Ainsi donc les jumeaux ont réussi à s'évader !

À la nuit tombée, la directrice de l'usine rassemble tous les enfants dans l'atelier.

— La plupart d'entre vous savent que la mer qui entoure l'île est traîtresse. Ce n'était pas le cas des nouveaux. Ces deux jeunes téméraires ont malheureusement tenté de quitter l'île sans autorisation. Ce n'était pas une bonne idée… Ils ont probablement essayé de gagner la côte sur un radeau de fortune et se sont noyés, car nous avons retrouvé des débris de boîtes sur le rivage…

À présent rempli de tristesse, Codjo se dit que le sort de Charly et de Magalie est trop injuste. Il n'allait pas laisser les dirigeants de l'usine s'en tirer à si bon compte. C'en était trop. Ils n'avaient aucun droit de garder, contre leur gré, des enfants prisonniers sur l'île.

De l'autre côté de l'Atlantique, c'est la récréation à l'école des Zorbitals.

– Attention, Olivier, voilà ta sœur et elle n'a pas l'air de bonne humeur.

En effet, Moli traverse la cour de l'école d'un air maussade en se dirigeant droit sur lui.

– Alors, les as-tu nourris ? demande-t-elle sur un ton autoritaire à son frère dès qu'elle est à portée de voix.

– Mêle-toi de tes affaires !

– Justement. Ordre de maman. Elle m'a demandé de m'assurer que tu en prenais soin correctement.

– Je sais ce que j'ai à faire.

– Fais voir.

Olivier n'a pas vraiment le choix sinon il en entendra parler à la maison. Pourquoi n'est-il pas enfant unique, comme tous les autres ? À contrecœur, il sort de sa poche une petite boîte et la tend à Moli. Sa sœur s'en empare et examine soigneusement le cadran lumineux situé sur le dessus.

– Tout m'a l'air en ordre, commente-t-elle avec satisfaction en redonnant l'objet à son frère.

– Toujours aussi sympathique, siffle Éli entre ses dents quand Moli s'éloigne sans prendre la peine de leur dire bonjour.

– Qu'est-ce qu'elle te voulait ? demande Nadine avec curiosité.

Visiblement mal à l'aise, Olivier regarde la petite boîte qu'il tient au creux de sa main.

– Elle voulait savoir si je les avais nourris…

– De quoi parles-tu ?

– De mes poux, laisse tomber Olivier d'une voix presque inaudible.

– Tu as des poux ! hurlent en chœur les enfants.

– Chut ! Pas si fort ! Vous allez attirer l'attention de la surveillante.

Terrorisée, Nazora recule instinctivement de quelques mètres. Des poux ! À la dernière alerte, la petite fille avait dû dormir une nuit complète sous le détecteur de poux pour permettre à l'appareil de patrouiller sa chevelure abondante.

– Comment as-tu fait pour les faire entrer à l'école sans que la bulle déclenche l'alarme ? continue Nadine avec ses questions.

– C'est à cause de la boîte… Ils ne peuvent pas sortir, vous savez. Bon, plutôt que de me chercher des poux, si on allait dans le Mini-monde ? propose Olivier pour détourner la conversation. As-tu la lentille, Tom ?

MMMMMMMMMMMMMMMMMMMMMM

Après avoir rampé, grimpé, s'être tortillés comme des vers de terre dans les conduits étroits, Oxy et Chlore débouchent enfin, plusieurs étages plus haut, sur l'immense puits central du Réactron.

– Nous n'arriverons jamais à la sortie en continuant à ramper dans les conduits, commente le centaure en pointant le puits qui se perd dans des hauteurs vertigineuses. Changement de programme. Nous allons utiliser le monte-charge.

– On va être tout de suite repérés.

– Bah, dans tout ce fouillis, je suis certain que notre disparition est passée inaperçue. Le seul problème c'est que le monte-charge est de l'autre côté du puits…

– Et alors?

– Pour s'y rendre, il faut traverser sur cette petite poutrelle…

– Tu veux dire celle qui passe au-dessus du vide… Es-tu devenu fou?

– Au revoir et à un de ces jours.

Le centaure s'engage sur l'étroit passage en posant précautionneusement ses sabots en équilibre, l'un devant l'autre.

– Regarde, ce n'est pas difficile. Tu n'as qu'à te dire que tu marches sur une ligne droite posée par terre. Il ne faut pas regarder en bas, c'est tout.

L'éléphant hésite à suivre Oxy. « Je ne pourrai jamais », se dit-il. Mais la peur de rester coincé dans cet enfer l'emporte encore une fois sur la raison. Chlore s'avance à son tour sur la poutrelle. Pas debout, bien entendu ; il s'assoit à califourchon et rampe en s'aidant de ses pattes avant. Quand il arrive à mi-chemin, en dépit du conseil du centaure, il ne peut pas résister à la tentation de jeter un coup d'œil sous lui. « Oh ! » Le vide semble s'étirer à l'infini. La tête lui tourne. L'éléphant n'arrive plus à avancer. Il se sent irrésistiblement attiré vers le bas, envahi par une force qui cherche à le faire basculer. L'éléphant oscille dangereusement au-dessus du vide.

– Chlore ! Qu'est-ce que tu fais ? On ne va pas passer la journée ici !

La voix rude d'Oxy le ramène brusquement à la réalité et Chlore poursuit la traversée en évitant de regarder sous lui.

– On peut dire que tu n'es pas de tout repos, toi ! grogne Oxy en l'agrippant solidement par la manche dès qu'il le peut.

Chlore n'a pas l'occasion de reprendre ses esprits, car le centaure part au petit trot en le traînant derrière lui sans lâcher prise.

– Aïe, Oxy ! Tu me fais mal !

Mais le centaure reste sourd à ses protestations et continue sa course. Il vient d'apercevoir leur contremaître qui sort du monte-charge et se dirige vers eux. S'ils sont repérés maintenant, tous leurs efforts auront été vains…

Oxy cherche désespérément une issue de secours. Il tente d'ouvrir les portes qu'il rencontre sur son passage et, finalement, s'engouffre derrière la première qui cède. Ils se retrouvent dans une pièce luxueuse.

— Vas-tu… humpf, humpf!… m'expliquer à la fin… humpf!… pourquoi on court comme ça? proteste l'éléphant hors d'haleine.

— Je…

Mais Oxy doit encore une fois interrompre les explications car la porte vient de s'ouvrir. Précipitamment, ils plongent en même temps derrière un bureau massif qui meuble la pièce. Juste à temps, car cinq métaAtomix viennent d'entrer en discutant bruyamment.

De l'autre côté de la frontière, Hydro guide Sod, rendue aveugle par les rayons intenses du désert de sel du Fourcuisant. Pour protéger ses yeux au maximum, Plomb le castor a soigneusement entouré la tête de la petite guenon avec son propre turban.

– Ferme tes yeux et laisse-les se reposer, lui a-t-il conseillé, en souhaitant que les dommages ne soient pas irréversibles.

Les miniAtomix ont cependant perdu un temps précieux à rattraper et à calmer la petite guenon qui courait, paniquée, dans le désert de sel et maintenant… le soleil, impitoyable, est presque à la verticale au-dessus de leurs têtes. Dans peu de temps, même les lunettes protectrices n'arriveront plus à les protéger contre les rayons maudits.

Les yeux d'Hydro sont comme traversés par des milliers de petites aiguilles chauffées à blanc. Il a de la difficulté à les garder ouverts. Pour tout dire, il n'en peut plus. Alors qu'il est sur le point d'abandonner la lutte, il remarque tout à coup des petites différences dans le paysage autour de lui. Çà et là, des cactus rabougris émergent de l'épaisse couche de sel et, sous ses pieds, Hydro sent avec plaisir le crissement du sable rouler sur le sel… Du sable !

– Nous sommes sauvés !

Poussant la petite guenon aussi vite qu'il le peut, Hydro se dépêche de quitter la surface de sel avant l'heure fatale. L'intensité lumineuse diminue dès l'instant où il se retrouve entouré de sable.

Trop heureux de sortir indemne de cette épreuve, il prend un moment pour contempler le désert. Devant lui, des dunes bleues roulent leur gros dos jusqu'à l'horizon. Sod, la tête emmitouflée dans le turban de Plomb, ne peut pas admirer ce paysage sublime ni non plus savoir que le sable, dans cette région du désert, est d'un magnifique bleu lavande. Hydro lui décrit ce qu'il voit, mais la petite guenon ne réagit pas. Ne sachant trop comment la réconforter, Hydro pose avec gentillesse une main sur l'épaule de son amie. Puis, sans faire exprès, il la fait sursauter en s'écriant :

— Hé Sod ! Les dunes… elles bougent !

— Je ne suis pas sourde !

— Parfaitement, confirme Plomb qui a entendu la remarque d'Hydro. On va d'ailleurs en profiter pour se reposer un peu. Montons sur celle qui fait le dos rond, elle se dirige justement vers le pic d'Argon.

Les miniAtomix grimpent au sommet de la dune et s'installent confortablement au centre. Sod dénoue le turban qui lui cache les yeux et ouvre lentement les paupières. Quand ses yeux sont grands ouverts, la petite guenon secoue tristement la tête d'un côté puis de l'autre pour signifier qu'elle ne voit toujours pas… Sans prononcer une parole, elle remet le turban en place et se couvre entièrement le visage.

C'est le moment que choisit Mouch pour révéler sa présence. L'électron, qui vient aussi de subir la dure épreuve de la traversée du Fourcuisant – il a failli cuire dans sa pochette ! –, a un urgent besoin de prendre l'air. En se disant que le danger de contagion est passé, Hydro retire le filet protecteur et libère son électron sans plus de façon. Tous les autres miniAtomix l'imitent. Ils sont bientôt entourés d'un joyeux nuage d'électrons et même Sod se sent réconfortée par la présence de ses onze petits.

La dune avance. Le paysage défile sans le moindre effort de leur part. Plomb profite de l'occasion pour gruger un bout de bois qu'il a emporté avec lui pour le voyage. Ses dents le démangent.

Mais ce court interlude ne dure pas. Une ombre sinistre passe au-dessus d'eux et leur cache momentanément le soleil. Presque simultanément, une brise inquiétante se lève et la dune bleue sur laquelle ils prennent place s'immobilise brusquement.

– Oh ! laisse échapper Plomb. Il se passe quelque chose. Les dunes sentent les phénomènes avant nous. Elles sont très sensibles aux signes avant-coureurs et réagissent aux moindres changements d'humeur du désert.

– Ce qui veut dire ?

– Ce qui veut dire que nous allons avoir de gros ennuis… les dunes ne s'arrêtent pas pour rien !

Sans perdre de temps en explications, le castor sort de sous sa tunique un carré de toile blanche qu'il déplie plusieurs fois. À mesure qu'il se déploie, l'objet prend du volume et, à la fin, apparaît devant eux un cube dans lequel Plomb les fait tous entrer en catastrophe. Le castor n'a que le temps de remonter la fermeture…

Un terrifiant mur bleu, cachant la moitié du ciel, se profile à l'horizon et s'avance droit sur eux à la vitesse d'un cheval au galop.

– Un tsunami du désert ! Je ne croyais pas que ça existait vraiment… je… je ne sais pas si l'abri va tenir le coup.

Le cube qui les protège est fait de la même matière que les filtres à pochette. Les murs translucides leur permettent de voir ce qui se passe dehors, mais rien n'y entre, pas même le vent qui vient de se lever autour d'eux en soulevant des tourbillons de sable étourdissants.

En un clin d'œil, le gigantesque mur de sable s'abat sur eux avec une puissance inouïe et les arrache du sol sans même ralentir sa course. Ils sont projetés dans les airs, entraînés dans un mælström bleu puis rejetés avec force. L'abri roule sur le sable comme un dé qu'aurait lancé un géant, les projetant pêle-mêle les uns par-dessus les autres. Heureusement que la

122

toile de l'abri résiste, car autour d'eux la tempête de sable continue de faire rage, le vent hurlant à perdre haleine. Fiiiiiiiiiiii…

Les heures passent et le vent gronde toujours avec autant de violence, remodelant à son gré les énormes dunes de sable. Plomb se replie dans un coin de l'abri et continue de grignoter son morceau de bois avec nervosité. Le sable les encercle à présent et monte, monte… Puis, soudain, complètement enseveli, tout devient noir à l'intérieur de l'abri, comme si la nuit venait brusquement de tomber.

À peine dissimulés derrière le bureau, Oxy et Chlore suivent la conversation animée entre les métaAtomix qui viennent d'entrer dans la pièce.

– Dorénavant, explique l'un d'eux d'un ton autoritaire, je veux qu'on patrouille régulièrement les frontières. Les arbres volants prennent beaucoup trop de liberté et violent notre territoire. Heureusement, le canon à feu a fait ses preuves. Ce gros tronc ne reviendra plus de sitôt nous narguer.

Celui qui vient de parler… Serait-ce?… À la vue du dard redoutable qui fouette furieusement l'air au-dessus de sa tête, Oxy ne peut en douter. De l'autre côté du bureau, à quelques mètres de lui à peine, se tient Technétium.

« Pourvu que Chlore ne nous fasse pas repérer », se dit le centaure avec effroi. Son attention est alors attirée par un bruit bizarre… Clac ! clac ! clac ! clac ! fait le petit bruit à côté de lui… Il jette un coup d'œil en direction de l'éléphant ; celui-ci, les yeux fermés, claque des dents…

— Je vais rentrer à Métapolis et m'occuper personnellement de ce vieil entêté d'Ura, poursuit le scorpion à l'intention de ses lieutenants. Avec ce que je lui prépare, il ne gardera pas son secret bien longtemps.

— Vous parlez de la cachette du grimoire, chef ?

— Exactement. Ce grimoire contient la recette de l'élixir d'invincibilité et seul Ura sait où il se trouve.

Oxy n'a pas perdu une seule parole de la conversation. « Ainsi donc, Ura est prisonnier et gardé à Métapolis. » Le centaure est heureux de constater que le vieux radioAtomix n'a pas volontairement rejoint le camp du scorpion.

Ura leur a effectivement parlé d'un élixir d'invincibilité, mais le vieux sage a aussi ajouté que personne ne savait où trouver le grimoire contenant la fameuse recette. Oxy se demande comment Technétium a fait pour apprendre l'existence du grimoire… Quelqu'un l'a-t-il informé?

– Molybdène et Zirconium, vous resterez ici pour superviser les travaux du Réactron. Or s'occupera de l'opération «mange-montagne». Toi, Rhodium, tu viens avec moi. Nous ramènerons les disques volants endommagés à Métapolis par convoi de terre. Il faut trouver de nouveaux pilotes aussi. Des vrais, cette fois-ci, pas des bosons!

Accompagné d'Or le tyrannosaure et de Rhodium le scarabée, Technétium quitte la pièce en coup de vent. Aussitôt le scorpion sorti, Molybdène et Zirconium montrent leurs vrais visages.

– Ah, celui-là! siffle la coquerelle en se frottant les ailes. Il veut qu'on s'occupe du Réactron mais se garde bien de nous dire à quoi il servira… Ce scorpion est impossible à contrôler! Il se croit tout-puissant, mais il entreprend trop de choses à la fois. Il dilue nos forces. Quelle folie de s'attaquer aux Pechblendes!

– Des patrouilles aériennes à présent… et puis quoi encore! renchérit Zirconium l'araignée en s'approchant dangereusement du bureau où se cachent les deux miniAtomix.

Comme s'il n'y avait pas assez à faire dans la Zone. Pour dompter le Pays de Möle, il nous faudrait beaucoup plus d'énergie que tout ce qu'on possède déjà… L'usine d'*é* fournit à peine. Ou croit-il trouver l'énergie pour tous ses projets ? Technétium est un prétentieux, voilà ce qu'il est !

– Chut ! Ne prononce pas son nom… Pour le moment, c'est lui le plus fort.

Aussitôt que la porte se referme sur les conspiratrices, Oxy se précipite en dehors de sa cachette.

– Suis-moi, Chlore ! Nous n'avons pas une seconde à perdre.

– On pourrait rester ici cachés, non ?…

Oxy, qui ne daigne pas répondre, est déjà sur le seuil de la porte.

– Hé, mais où vas-tu comme ça ?

– Nous allons à Métapolis, il faut absolument venir en aide à Ura.

– Et comment monsieur compte-t-il se rendre là-bas ? s'informe l'éléphant avec sarcasme.

– Tu as entendu Technétium. Nous prendrons le convoi qui part pour Métapolis.

– Hein ?

En se mêlant aux métaAtomix qui gagnent la sortie, ils parviennent à se faufiler dans l'immense cour en face du Réactron. Au milieu de ce va-et-vient incessant, personne ne fait attention à eux. Le centaure repère le convoi d'é-mobiles et s'installe tout bonnement au volant du véhicule de tête. En voyant son brassard orange, personne ne lui pose de questions.

– Monte dans le véhicule derrière le mien, chuchote-t-il à l'adresse de Chlore.

L'é-mobile de Chlore est un véhicule à pattes auquel est accrochée une remorque sur laquelle repose un disque volant intact. L'éléphant regarde, perplexe, la série de boutons et de manettes qui s'alignent sur le tableau de bord. Il a conduit ce genre d'engins à quelques reprises, mais sans beaucoup de succès à vrai dire...

Technétium, entouré d'un nuage bourdonnant d'électrons, traverse la cour et se dirige droit sur lui. Chlore a les mains moites et n'arrive plus à déglutir. L'éléphant pense sa dernière heure venue !

– Vous transportez un chargement précieux. Il s'agit de mon disque volant personnel. Alors, du doigté !

Le scorpion poursuit sa route et va s'installer dans le véhicule de tête, celui conduit par Oxy.

– Vous êtes nouveau ? Je ne vous ai jamais vu... De quelle région venez-vous ?

– Je… heu… bafouille Oxy sans trop savoir quoi répondre… heu… Je viens du bout du monde !

Technétium donne le signal du départ et le convoi se met en branle. Chlore appuie sur un bouton en forme de flèche pointant vers l'avant. De fait, le véhicule bondit vers l'avant. Le bonheur de l'éléphant est cependant de courte durée, car il a appuyé trop fort et, bang !, il vient percuter le véhicule d'Oxy. Il essaie à nouveau et fonce une deuxième fois dans le véhicule.

– Mais où donc a-t-il appris à conduire ce triple boson ? s'impatiente Technétium.

Naturellement doué pour la conduite, Oxy prend de la vitesse et met une distance sécuritaire entre Chlore et lui. Derrière, l'éléphant continue à avancer par à-coups, mais arrive à suivre.

La colonne, qui jusque-là avançait en ligne droite, s'engage alors sur une route plus sinueuse qui traverse la Zone du nord au sud. Dès le premier tournant, Chlore éprouve de sérieuses difficultés. S'il maîtrise à peu près le bouton d'accélération du véhicule, l'éléphant ignore complètement comment tourner. Et, au premier tournant, quand la route change brusquement de direction, Chlore, au comble de l'énervement, se cramponne sur l'accélérateur et prend de la vitesse.

– Mais, ma parole! s'exclame Technétium à demi retourné sur son siège. Qu'est-ce qu'il fait?

Derrière eux, le véhicule de Chlore s'emballe, quitte la route et, roulant à toute vitesse, fonce droit devant dans la poussière.

– Où va-t-il? Mon disq…

Technétium assiste de loin au désastre. Le véhicule conduit par Chlore vient percuter de front le seul rocher présent sur toutes les plaines de l'Aunor. L'é-mobile, sérieusement endommagée, ne peut plus rouler. Mais il y a pire. Technétium fulmine : son précieux disque volant est une perte totale.

Venu constater les dégâts, le sergent Rhodium comprend qu'il doit soustraire de toute urgence l'affreux gaffeur à la vue de son chef, au bord de la crise de nerfs. Il ordonne à Chlore de monter dans le véhicule de queue. Il voyagera avec lui.

– Je n'ai rencontré qu'une seule autre personne qui conduise aussi mal que vous, lui confie Rhodium. Il n'avait aucune aptitude pour les combats d'électrons non plus…

L'éléphant se fait tout petit. Cette autre personne dont parle le sergent, c'est lui! Il a déjà rencontré le scarabée au cours d'un entraînement musclé qu'il a subi, bien malgré lui, lors de sa première visite à Métapolis. Mais le sergent ne peut pas le reconnaître, car il portait alors un déguisement de mammouth.

MMMMMMMMMMMMMMMMMMMMMMMMMMMMMM

Contrarié par la perte de son disque volant dans la Zone, Tek, qui rêve d'un escadron d'élite pour patrouiller le ciel de la Zone, se défoule sur Rod, Moli et Zorna.

— Le meilleur disque ! On n'arrivera jamais à rien dans la Zone si vos alter ego continuent de s'entourer de bosons.

— Mais ce n'est pas comme si je contrôlais Rhodium, se défend Rod. Quand je suis là-bas, je ne suis plus moi-même. Tu le sais bien.

— Il a raison. Tu ne peux pas nous blâmer, renchérit Moli.

C'est vrai que, contrairement aux autres, quand Tek rejoint Technétium dans le Mini-monde, il continue d'être lui-même. Encore une petite anomalie…

Aussitôt de retour dans le Macro-monde, Nazora revient sur cette histoire de poux qui l'inquiète au plus haut point.

– Dis donc, Olivier, demande-t-elle en se tenant à bonne distance du garçon, pourquoi apportes-tu des poux à l'école?

– Parce que… je n'ai pas le choix. Je dois leur donner du sang à toutes les six heures.

– Hein! Du sang? Mais quel sang?

– Ben… heu… le mien. J'insère le bout de mon doigt ici, dans cette petite grille là, et… heu… je les laisse me piquer.

– Ouache! Tu te laisses piquer!

Claude n'a jamais rien entendu de plus révoltant, s'offrir volontairement en nourriture à des poux piqueurs.

– C'est moins pire que ç'en a l'air… veux-tu essayer?

– Es-tu fou!

– Pourquoi les gardes-tu?

– Ma mère est certaine que tant que ma colonie de poux va survivre, il ne m'arrivera aucun malheur. «Poux porte-bonheur, mais malheur s'ils meurent», comme dit la publicité…

– Peuh! Des poux porte-bonheur. Et tu crois ça, toi?

– Pas vraiment… mais comment savoir si c'est vrai ou faux? Je ne vais quand même pas courir le risque. Et puis, il y a Moli. Elle bavasse tout à ma mère…

– Est-ce toi, mon poussin adoré ? demande Actinia quand elle entend Tek entrer dans l'appartement. Je t'ai préparé une délicieuse tartine à la confiture pour ta collation, comme dans l'ancien temps.

Le garçon n'a jamais rien vu de tel. La tranche de pain, d'une épaisseur impressionnante, est enduite des deux côtés d'une substance jaunâtre. Le garçon, qui raffole de la cuisine de sa grand-mère, mord à pleines dents dans l'étonnante tartine mœlleuse mais se retrouve, l'instant suivant, avec les mâchoires coincées.

– Oh ! Pauvre petit chou. Qu'est-ce qui t'arrive ?

En voyant, à l'autre bout du comptoir, le tube de colle extrarésistante à moitié vide, Tek comprend qu'une fois de plus sa grand-mère a fait une petite erreur culinaire. Elle a utilisé de la confiture… ultracollante !

– Chje regviensch.

Le garçon se dirige vers l'infirmerie d'urgence située dans l'entrée de l'appartement. Il ouvre un panneau et immobilise son menton sur un petit coussin en expliquant du mieux qu'il peut son problème à l'ordinateur domestique. Aussitôt, pinces, tampons et tubes de toutes sorte se mettent en action. Des doigts métalliques articulés écartent les lèvres de Tek et s'affairent délicatement à dégager la tartine solidement engluée entre ses dents. Durant toute la durée de l'opération, Actinia lui tapote le dos en lui murmurant des mots doux. Dès qu'il peut à nouveau parler, Tek s'empresse de la rassurer.

– Voilà, ce n'était rien du tout. J'avais juste quelque chose de pris entre les dents.

Le calme revenu, sa grand-mère, débordante de bonheur, lui annonce qu'elle a reçu une carte postale de son « petit Jérôme ».

– Il est en Italie actuellement.

Actinia est une des rares habitantes du quartier à recevoir encore la visite du facteur. Ils ont leur petit rituel, tous les deux. À chaque visite, Actinia lui offre une tasse de thé – bien sucré, comme il l'aime – puis ils discutent de tout et de rien pendant des heures. Le facteur n'est jamais pressé.

– Vous êtes ma seule cliente aujourd'hui, avoue-t-il immanquablement.

Une carte de Jérôme ? Tek n'en revient pas. Il a souvent eu l'occasion de fouiller dans la boîte de cartes postales qu'Actinia garde précieusement. Mais c'est la première fois depuis qu'il habite avec elle que sa grand-mère en reçoit une. Ainsi, Jérôme existe vraiment…

Tek examine la carte sous toutes ses coutures, vérifie la date d'oblitération. « Chère Actinia adorée, comme tu peux le constater, je suis en ce moment à Milan. Le temps… ». La lettre se poursuit avec l'habituel blabla et se termine, au bas, avec la signature de Jérôme. Tout semble normal… C'est alors que Tek remarque dans un coin de la carte des petits caractères qu'il n'arrive pas à lire. Il sort le cylindre d'or – celui qu'il utilise pour *fuitter* dans le Mini-monde – et, sans appuyer son œil dessus, il l'utilise pour grossir les caractères.

– Oh! laisse-t-il échapper soudain.

– As-tu trouvé une faute? demande Actinia. Jérôme n'a jamais été très doué en orthographe.

Mais, trop estomaqué par ce qu'il vient de lire, Tek ne répond pas. « Fait à Entropia. » Ainsi, cette carte d'Italie a été fabriquée ici même à Entropia. Il s'agit d'une fausse carte postale! Avec frénésie, Tek fouille dans la boîte qu'Actinia a sortie. Il inspecte une à une les cartes envoyées de partout dans le monde: une tour penchée, une grande muraille, un volcan fumant, un troupeau de kangourous… Elles portent toutes la mention « Fait à Entropia ». Que cache donc ce nouveau mystère?

Tek est tiré de ses réflexions par le bruit de la sonnette.

– Nous avons de la visite. Va donc répondre, s'il te plaît, mon petit.

C'est Fanny. La mère de Tom, qui connaît Actinia depuis l'enfance, passe plusieurs fois par semaine. Fanny avait craint au début que l'arrivée de Tek ne soit une surcharge pour la vieille dame, mais elle devait admettre à présent qu'Actinia n'avait jamais paru aussi radieuse.

– Si tu es d'accord, propose Fanny, qui travaille comme infirmière à l'hôpital de la Précieuse-Suture, je viendrais te chercher jeudi pour une visite médicale de routine… J'ai pensé qu'on pourrait en profiter pour prendre rendez-vous pour les garçons. Qu'est-ce que tu en dis ?

– Ce serait formidable ! N'est-ce pas, Tek ? se réjouit la vieille dame. Nous allons faire une sortie en famille.

– Jeudi, nous passerons vous prendre après l'école.

Les mains dans l'eau savonneuse, Tom ne sait trop comment réagir aux propos de sa mère. Une visite médicale en compagnie de Tek, quelle horreur ! Il n'ose pas lui avouer qu'ils sont ennemis jurés, que Tek est méchant… Il ne veut pas la mettre dans une situation inconfortable, Fanny aime tellement Actinia!

Cachant son trouble, Tom passe les assiettes propres à sa mère qui les essuie puis les range à mesure.

– Tu n'es pas très bavard, ce soir, fait-elle remarquer.

– Hum…

Angoissé à l'idée d'un tête-à-tête avec Tek, dont les paroles blessantes au sujet de son père résonnent encore dans ses oreilles, Tom est incapable de se détendre.

– Qu'est-ce qui te rend si grognon? Est-ce que c'est à cause de cette corvée de vaisselle?

Depuis quelques semaines, Gustave tente, sans succès, de réparer le laser des armoires de cuisine. En attendant, Tom doit laver la vaisselle à la main comme dans l'ancien temps.

– Hum…

Plus tard, après ses devoirs, Tom vient rejoindre Fanny qui est absorbée dans une recherche sur Internet.

– Qu'est-ce que tu fais, maman?

– Oh, rien. Je cherche un nouvel ordinateur domestique. Je crois qu'il est temps de changer

Gustave. Laver la vaisselle à la main... Ça devrait pourtant être simple de réparer un laser ! Gustave accumule les erreurs de plus en plus... Je crois qu'il se fait vieux.

– Chut, maman ! Tu sais bien qu'il nous entend !

En principe, Gustave est programmé pour ne pas écouter les conversations qui ne le concernent pas. Mais, depuis quelques années, l'ordinateur s'intéresse à la psychologie, surtout celle des petits humains. Il a ainsi découvert que les ordinateurs sont dépourvus de certains traits typiquement humains comme l'humour, la tristesse, la paresse, la bonté. Son but n'est pas de devenir « humain » lui-même, il veut simplement mieux comprendre et, sans se vanter, il croit bien y être parvenu.

Au cours de ses lectures, il a également appris que les humains sont capables de s'adonner à ce qu'ils appellent la « curiosité ». Depuis, Gustave fait comme eux.

L'ordinateur intercepte et analyse donc la conversation entre Fanny et Tom.

« Vieux, moi ? s'étonne-t-il. Alors que je change régulièrement mes circuits avant qu'ils ne flanchent, que je garde plusieurs copies de ma mémoire pour qu'elle reste vive, que j'entretiens avec soin les rouages des entre-murs depuis plusieurs générations de Bohr… Vieux, moi ? À cause des quelques petites blagues que je fais pour détendre l'atmosphère. »

Ainsi, après avoir épluché des centaines de milliers de pages sur le sujet, il avait mal compris ce qu'était l'humour. Pourtant, d'après ses lectures, cela rendait la vie des humains plus agréable, comme justement en permettant à Tom de jouer chaque soir dans les bulles de savon…

Une seule conclusion s'impose : il n'a réussi qu'à mettre sa cybervie en péril pour des humains sans aucune reconnaissance !

– Mais, maman… tu ne peux pas changer Gustave ! proteste Tom pour qui l'ordinateur domestique fait partie de sa vie depuis sa naissance.

– Et pourquoi donc ?

– Parce que… parce que je l'aime !

Les circuits de l'ordinateur se mettent à surchauffer de manière anormale. Il n'a jamais ressenti rien de tel. Il n'y a pas une minute à perdre, en deux petits coups de vis, Gustave ajuste le laser et annonce d'une voix tremblante d'émotion :

– Le système autonettoyant au laser est à nouveau fonctionnel, monsieur. Merci !

Fanny, le visage souriant, se tourne alors vers Tom et lui fait un petit clin d'œil discret.

Elle connaît aussi Gustave – et ses petits travers – depuis qu'elle est toute petite…

Quand Fanny pose un baiser sur son front en lui souhaitant bonne nuit, Tom la retient par le bras.

– Maman? Est-ce que je peux te poser une question?

– Bien sûr.

– Qu'est-ce qui est arrivé à mon père?

Comme chaque fois qu'il aborde ce sujet avec elle, les yeux de sa mère se brouillent de larmes…

– Je… je suis fatiguée, ce soir. On en parlera une autre fois, veux-tu? Dors à présent.

Chapitre 6

Les maisons de rêves

En classe, la compétition d'humour se poursuit avec un numéro spécial préparé par Lili et Pablo. Les deux artistes de la classe ont préparé un étonnant spectacle de marionnettes géantes manipulant des petites marionnettes à cordes qui font des blagues. Dans le numéro final, une des petites marionnettes s'est mise dans la tête de devenir parachutiste. « Parachutiste, mais pourquoi ? » lui demande sa copine. « Tu n'as pas vu toutes ces cordes au-dessus de ma tête. Il faut bien qu'elles servent à quelque chose ! »

Puis vient le tour de Claude et de Sabine, la dernière équipe de la semaine. Le grassouillet garçon marche d'un pas lourd jusqu'à l'avant de la classe. Il n'a aucune idée de ce qu'il va dire et sent que Sabine, complètement figée à ses côtés, ne lui sera d'aucun secours… Durant un temps qui lui semble une éternité, il reste debout devant la classe sans rien faire.

– Et alors ? demande gentiment madame Rachel, tandis que les élèves commencent à glousser.

– Heu… je…

– Oui ? Avez-vous préparé quelque chose ?

– Justement… Non !

La salle de classe éclate de rire pendant que Claude poursuit son explication.

– Vendredi, je… je suis allé chez Sabine sans savoir où elle habite. Ensuite, nous avons réussi à ne rien préparer du tout. Elle posait des questions et je lui répondais par des silences. Au bout d'une heure fatigante à ne pas se comprendre, on avait tout ce qu'il faut pour avoir l'air fous en classe, n'est-ce pas Sabine ?

– …

– C'est elle qui répond par des silences à présent…

Croulant sous les rires, les élèves ont peine à suivre Claude qui continue son récit absurde. Éli n'en revient pas de découvrir que son ami est un véritable pince-sans-rire. À la fin, madame Rachel déclare que l'équipe de Claude et Sabine est celle qui a accumulé le plus de rires.

En sortant pour la récréation, Claude est surpris de constater qu'on vient le féliciter de toutes parts.

– Qu'est-ce qu'il a fait ? s'informe Nadine qui fréquente la classe voisine.

– Il a gagné le concours d'humour.

Nadine n'en revient pas. Claude, drôle ? On aura tout vu ! Cependant, la petite fille a d'autres sujets de préoccupation. En se dirigeant vers leur lieu de rendez-vous habituel dans la cour, elle pense au sort de la petite guenon devenue aveugle.

– Vas-y la première, l'encourage Tom en posant une main sur son épaule et en lui tendant l'Œil de cristal. Je crois que Sod a besoin de toi.

MMMMMMMMMMMMMMMMMMMMM

Quand Sod émerge de son sommeil, le calme est revenu sur le désert bleu. Remplie d'espoir, la petite guenon déroule le turban qui lui couvre le visage mais – oh ! – elle constate qu'elle ne voit toujours pas.

– Hydro, tout est noir, murmure-t-elle à l'oreille de son ami, folle d'angoisse.

– C'est normal, je ne vois rien non plus. Nous sommes plongés dans le noir.

Et pour cause, la tempête qui a fait rage durant la nuit a déplacé des tonnes de sable et ils sont maintenant prisonniers à l'*intérieur* d'une dune.

– Le mieux à faire pour sortir d'ici est de passer par en haut… propose Plomb qui espère qu'il n'y a pas trop de sable au-dessus d'eux. Formez une pyramide pour que je puisse grimper.

Dans le noir, ils s'empilent les uns sur les autres du mieux qu'ils peuvent… « Aïe ! attention à ton pied… » « Azote, peux-tu empêcher tes serpents de jouer dans mon oreille ! »

– Fermez les yeux ! les avertit le castor. J'ouvre !

Aussitôt qu'il fait glisser la fermeture, le sable s'écoule par l'ouverture comme dans un sablier et s'accumule dans l'abri.

– Je vois… la lumière ! s'écrie Sod la première en explosant de joie.

Ils émergent sains et saufs dans la douce lumière du matin et, devant eux, majestueux, s'élève le pic d'Argon dont la pointe en forme de bec d'oiseau disparaît dans les nuages. Les miniAtomix sont agréablement surpris de constater que, durant la nuit, la dune qui les gardait prisonniers les a portés jusqu'au pied de la montagne.

– La journée commence du bon pied, lance joyeusement Sod qui a retrouvé toute sa bonne humeur. Bon pied, bon œil ! C'est aujourd'hui mon jour de chance. Et… heu… je voudrais… heu… avant tout présenter des excuses à Plomb.

Il a été formidable alors que moi… j'ai été complètement idiote! Excuse-moi…

En guise de réponse, le castor lui tend le bout de bois qu'il a rongé durant la nuit.

– Tiens, c'est pour toi!

La petite guenon découvre avec émotion que Plomb a taillé dans le bois une magnifique sculpture d'elle.

Une pente abrupte, formée de grains de sable minuscules, recouvre le bas de la montagne… «Encore du sable!»

– Ah! Si seulement notre chère dune savait grimper, soupire Antimoine qui se reposerait bien encore un moment au creux de la dune bleue.

Les miniAtomix tentent de monter le sable coulant, mais c'est chose impossible. À chaque pas, le sable fuit sous leurs pieds, de sorte qu'ils reculent plus qu'ils n'avancent.

– Nous n'y arriverons jamais, se lamente la pieuvre au bout d'un moment.

– Jamais si tu continues à te plaindre et jamais si tu gardes ton boubou…

La petite guenon, qui est la seule à n'être pas empêtrée d'une longue tunique du désert, s'est mise à quatre pattes sur le sable. Elle parvient à monter mais elle a l'impression d'être aussi lente qu'une tortue transportant une épaisse carapace de métal. La progression est laborieuse et difficile. Les miniAtomix rangent leur tunique et commencent à ramper sur le sable coulant en l'imitant.

Quand finalement ils arrivent sur les coteaux, épuisés, l'air hagard, ils découvrent avec ravissement un paysage féerique fait de magnifiques pâturages verts tapissés de petites fleurs sauvages roses et bleues.

— Enfin ! soupire Héli en se laissant tomber sur un épais tapis d'herbes fraîches.

Ils reprennent leur route en suivant une gorge spectaculaire qui s'enfonce entre des parois de roc vertigineuses.

— Ça sent le piège à plein nez.

Comme pour donner raison à Azote, le passage devient de plus en plus étroit à mesure qu'ils avancent. Et plus loin, la route est même bloquée… Enfin, pas complètement puisque, encastrées entre les parois rocheuses, six coquettes maisons collées les unes aux autres les attendent toutes portes ouvertes, accueillantes. Pour continuer leur route, les miniAtomix doivent donc obligatoirement passer à travers les maisons.

— Voilà le piège : on entre et, clac !, les portes se referment sur nous.

Impossible de les contourner ni de passer au-dessus, car les maisons s'élèvent sur plusieurs mètres de hauteur.

— Ça ne semble pas bien difficile, fanfaronne Sod. Les maisons ont l'air vide. On n'a qu'à passer très vite en courant.

La suggestion de la petite guenon ne soulève aucun enthousiasme. Personne n'ose entrer. Le temps s'égraine et il ne se passe rien… Que faire ?

— Le piège, c'est peut-être de nous faire croire qu'il y a un piège, suggère Héli. Comme ça, on n'ose pas.

Elle s'avance le plus près possible et, à partir du pas de la porte, lance une pierre qui traverse la maison sans problème et va rouler dans l'herbe à l'arrière.

— Vous voyez, il n'est rien arrivé. Je vais passer la première. On en aura le cœur net. Je vais m'attacher. S'il m'arrive quelque chose, vous n'aurez qu'à tirer.

Malgré l'assurance qu'elle affiche, Héli entre dans la maison pleine d'appréhension. Mais, aussitôt qu'elle passe le seuil, ses craintes fondent. Les portes ne se referment pas, il n'y a pas piège. Elle s'est inquiétée pour rien. En fait, la petite fée ne s'est jamais sentie aussi bien. Elle pose le pied sur le sol. Tout est si simple, à présent. Finie la course insensée à la recherche des maîtres d'Octet.

– Nous n'avons plus besoin de courir aux quatre coins du Mini-monde, annonce-t-elle en affichant un sourire triomphant, j'ai trouvé le passage.

Sur le sol, dans un coin de la maison, se trouve une large ouverture sombre qui donne sur un tunnel… La petite fée sait exactement où mène ce passage : il conduit à l'usine d'$é$! Elle va enfin pouvoir libérer les pauvres électrons forcés de travailler pour les méta-Atomix.

Hydro va rejoindre Héli dans la maison. Rassurés, les miniAtomix s'engagent dans les maisons voisines pour voir si elles ne cachent pas d'autres surprises. Aussitôt entrés, ils ressentent le même bien-être engourdissant que celui ressenti par la petite fée. Quel bonheur !

Dans la maison rouge, Azote découvre avec ravissement qu'un large fleuve tranquille coule sous ses pieds et qu'elle peut s'y rafraîchir avec ses serpents. En extase, Antimoine se prélasse sur un lit de mousse en se faisant masser les jambes par des petites plantes qui dégagent des odeurs agréables. Sod se balance de branche en branche dans la forêt enchanteresse qui a poussé comme par magie en plein milieu de la maison verte. Quant à Plomb, il se retrouve devant un amoncellement d'appétissants troncs d'arbre à toutes les essences inimaginables : érable, réglisse, pomme, chêne, sapin vert…

Perdus dans leurs rêves les plus fous, et bien que la sortie ne soit qu'à deux pas, ils ne sortent pas des maisons. Rien ne les retient pourtant. Mais au lieu de poursuivre leur chemin, ils restent là en oubliant complètement leur voyage.

Suspectant Oxy et Chlore d'avoir quitté le chantier des mange-montagne, Cobalt a décidé de poursuivre ses recherches plus avant dans la Zone. « Le Réactron ?… hum, pourquoi pas aller là-bas ! » Elle s'est donc portée volontaire. D'ailleurs, à moins de voler une é-mobile – ce qui n'a pas été signalé –, comment quitter la région autrement qu'en train ? Elle en profitera pour jeter un coup d'œil à ce nouveau projet de Technétium.

Quand le train s'immobilise devant le Réactron, Cobalt se dégage de la masse des métaAtomix déversée sur les quais pour éviter d'être enrôlée de force dans les équipes de travail. Elle commence à inspecter les lieux sans chercher à se cacher. L'androïde se dit que la meilleure manière de passer inaperçue est de se faire remarquer. Elle entre partout et pose mille questions en se faisant passer pour une journaliste.

— Je fais un reportage sur l'avancement des travaux du Réactron. Parlez-moi de votre travail ici…

Tout en cherchant ses amis dans cette construction démoniaque, Cobalt garde l'œil ouvert : « L'Accélérotron et maintenant le Réactron… Que prépare Technétium ? » Mais, même après avoir parcouru des dizaines et des dizaines de kilomètres de corridors et examiné des centaines de machines de toutes sortes, elle n'arrive toujours pas à comprendre à quoi peut bien servir ce monstre. L'androïde sent cependant qu'il s'agit d'une chose terrible. Elle se rend compte que ses chances de retrouver Oxy et Chlore dans ce dédale en trois dimensions sont quasi nulles.

Un contremaître, séduit par la belle androïde, l'accompagne pour une visite dans les profondeurs. Durant l'interminable descente aux enfers, le métaAtomix lui explique fièrement qu'il est responsable de l'entretien des conduits.

– Des milliers de kilomètres de tuyaux… Il n'y a qu'un seul problème, déplore-t-il, la sécurité laisse à désirer. Je perds régulièrement des ouvriers. Justement, mes meilleurs viennent de disparaître dans ces conduits de malheur ! Deux petits qui pouvaient se faufiler partout. Vous qui êtes journaliste, vous pourriez peut-être intercéder en notre faveur ?

– Deux petits, dites-vous ?

Quand ils arrivent en bas, une petite vibration sonore en provenance du cœur de l'androïde se fait entendre.

– Vous ne descendez pas ?

Cobalt, qui a elle-même déclenché la petite sonnerie, en profite pour se défiler.

– Heu… non. J'ai une urgence… Je dois remonter immédiatement.

– Mais vous n'avez encore rien vu ! s'exclame-t-il, dépité.

Pour le plus grand plaisir de Technétium, Oxy roule plein gaz en direction de Métapolis en collant à la route avec une maîtrise hors du commun. Il a pris une avance considérable sur le reste du convoi.

Soudain, à la sortie d'un virage serré, l'é-mobile débouche sur un tronçon de route effondré. En effectuant un dérapage contrôlé – Oxy braque son volant tout en donnant un vigoureux coup d'accélérateur –, le véhicule fait une embardée, grince, gémit, puis s'immobilise en évitant miraculeusement le plongeon dans le vide. Technétium est visiblement très impressionné par les talents de son nouveau chauffeur.

– Très beau réflexe !

Le scorpion se dit qu'il a besoin de méta-Atomix talentueux comme ce petit.

– Venez me voir quand nous serons arrivés. J'ai quelque chose à vous proposer… je crois que vous allez apprécier.

Avec Oxy en tête, le convoi arrive à Métapolis et traverse la bruyante et fourmillante cité des métaAtomix avant de s'immobiliser dans la cour de l'usine d'é, le quartier général de Technétium.

Oxy s'apprête à filer en douce quand un cri s'élève de l'autre bout de la cour : « Oxyyy ! » L'éclat de voix de l'éléphant attire l'attention de Technétium occupé à discuter avec le sergent Rhodium.

– C'est lui ! s'exclame le scorpion en pointant de manière inquiétante son dard en direction du centaure.

Oxy, qui s'attend au pire, reste figé sur place. D'un instant à l'autre, il sera démasqué et jeté en prison. Encore une fois par la faute de Chlore…

– C'est lui dont je vous ai parlé, continue d'expliquer le scorpion au scarabée bardé de médailles.

Puis, s'adressant à Oxy, Technétium ajoute, débordant d'enthousiasme :

– J'ai une proposition à vous faire. En vérité, il s'agit d'un honneur. Je vous ai vu manœuvrer l'é-mobile et j'aimerais vous avoir dans notre unité volante. Votre entraînement commence dès maintenant.

Aussi bien dire qu'Oxy n'a pas le choix…

– C'est que… j'ai… j'ai promis sur mon honneur de ne jamais me séparer de lui, répond Oxy en désignant Chlore qui l'attend à l'écart un peu plus loin. J'accepterais volontiers votre offre, chef, à la condition que mon ami vienne aussi.

Prêt à tout pour enrôler ce petit surdoué, Technétium accepte le marché d'Oxy en ne jetant pas un seul regard en direction de Chlore – il aurait autrement reconnu le gaffeur qui a endommagé son précieux disque volant ! Oxy et Chlore se retrouvent donc tous deux enrôlés dans la patrouille de l'air. « À la moindre occasion, se dit le centaure, nous mettrons les voiles. En attendant, jouons le jeu. »

Rhodium est chargé de leur enseigner les rudiments du pilotage. En examinant de plus près le disque volant, Oxy est surpris de constater qu'il n'y a aucun bouton ni contrôle apparent.

– Comment fait-on pour piloter ces engins?

– Le disque réagit au doigt et à l'œil aux moindres mouvements. Votre corps fait corps avec l'engin. Ce sont vos muscles eux-mêmes qui dirigent le disque, comme s'il s'agissait d'une main ou d'un bras. Tenez, le mieux, pour comprendre, c'est d'essayer… Attachez-vous solidement et laissez votre instinct vous guider. Mettez-vous simplement dans la tête que vous volez…

Oxy s'élève immédiatement dans les airs avec l'aisance et la grâce d'un papillon. Rhodium est abasourdi. Il n'a jamais vu une recrue maîtriser si rapidement l'appareil. Volant à ses côtés, le sergent prodigue au centaure quelques conseils mais, rapidement, il se tait… Cent fois plus agile que lui, Oxy monte en vrille dans le ciel, vire-volte, culbute, tourne sur lui-même comme une toupie, tête en bas, tête en haut, avec un contrôle parfait. Il vole!

Pendant ce temps, et avec toutes les peines du monde, Chlore n'est parvenu à s'élever que de quelques mètres au-dessus du sol, et encore… Son engin instable monte et descend sans cesse en cognant parfois durement le terrain.

– Montez plus haut, triple boson, ce sera plus facile à diriger, hurle Rhodium.

Mais l'éléphant, vert de peur, s'entête à voler le plus bas possible.

Dans l'après-midi, Technétium décide d'envoyer Oxy en vol de reconnaissance au-dessus des frontières. Ce que le centaure ignore, c'est qu'il s'agit en fait d'un test. Le scorpion veut mettre la fidélité de sa nouvelle recrue à l'épreuve. Ce surdoué pourrait faire partie, comme cette traîtresse de Cobalt, de ce petit groupe de métaAtomix contestataires qui s'opposent au régime, à *son* régime !

– Tenez-vous prêt à intervenir, ordonne le scorpion à l'escadron. S'il fait mine de se diriger vers le Pays de Möle, descendez-le !

En volant au-dessus des marais acides, Oxy regarde avec nostalgie de l'autre côté des Pechblendes les couleurs chatoyantes de la savane Arc-en-ciel. Il lui serait si facile de rentrer au pays ! Mais le centaure résiste à la tentation, il ne peut quand même pas abandonner Chlore derrière. Ah ! Si seulement celui-ci se donnait la peine d'apprendre à voler.

Mais non, l'éléphant s'obstine à garder son disque volant collé près du sol en évitant les obstacles de justesse.

– C'est bien plus difficile de faire du rase motte comme tu fais ! Essaie au moins un peu plus haut... avait-il tenté de le convaincre à plusieurs reprises.

– Je n'y arrive pas. J'ai le vertige !

Le cœur gros, Oxy tourne le dos aux montagnes scintillantes et rentre à la base. Technétium jubile, sa nouvelle recrue n'a pas tenté de filer en douce avec le précieux disque volant. Il ne s'agit donc pas d'un traître. Le scorpion se félicite en se disant qu'il a enfin mis la main sur un pilote exceptionnel.

– Amenez-moi le nouveau dès qu'il aura atterri.

En entrant dans le bureau du chef, Oxy surprend une conversation entre Technétium et Rhodium. Il est question d'une espionne dangereuse.

– J'ai appris que Cobalt, la traîtresse à la solde des minis, est revenue dans la Zone. Je veux que des affiches soient placardées partout avec le texte suivant : « Espion recherché, importante récompense. » Dès que mes électrons auront terminé le portrait-robot, je vous le ferai parvenir. En attendant, vous pouvez disposer.

Le cœur du centaure bondit. Cobalt, sa Cobalt dans la Zone ! Il se demande comment Technétium a pu avoir vent de sa présence.

— J'ai été témoin de vos performances de vol, le félicite Technétium quand Rhodium quitte le bureau. Vraiment impressionnant ! Nous avons besoin de pilotes de votre calibre. Pour souligner votre niveau plus qu'exceptionnel, je vous nomme premier pilote d'élite. Vous serez dorénavant responsable de la formation des nouveaux. Toutes mes félicitations, jeune méta.

Les électrons du scorpion, qui lui obéissent comme des doigts au bout des mains, s'affairent en bourdonnant au-dessus d'un croquis. Oxy se penche sur la table à dessin et reste figé d'effroi : Cobalt, sa Cobalt... La ressemblance est si parfaite qu'elle sera reconnue partout et traquée sans pitié.

Quand le portrait-robot de l'androïde est terminé, Technétium l'insère dans une enveloppe et quitte la pièce en compagnie du centaure.

— Si vous voulez, je... je peux la remettre au sergent Rhodium, propose Oxy, le cœur battant.

— Excellente idée, approuve Technétium en tendant l'enveloppe au centaure qui fait un effort pour empêcher ses mains de trembler. À traiter en priorité !

Mais sitôt la queue du scorpion disparue, Oxy revient sur ses pas. Il sait qu'il risque gros, que s'il est pris, que… mais il doit coûte que coûte sauver sa belle. Il fouille frénétiquement le bureau à la recherche d'une solution. Il ouvre l'un après l'autre les tiroirs d'un secrétaire puis, soudain, il trouve la solution : le portrait de quelqu'un d'autre. Avec un petit sourire narquois, il procède à l'échange…

Oxy plie le portrait de sa belle androïde et le glisse à l'intérieur de son survêtement, contre son cœur. Le centaure sait qu'à partir de maintenant, ses heures sont comptées. Plus question de porter secours à Ura. Lorsqu'on découvrirait la supercherie, Technétium saurait tout de suite qui avait procédé à l'échange de portraits-robots.

MMMMMMMMMMMMMMMMMMMMMMMMMMMM

Les vibrations annonçant la fin de la récréation les ramènent dans la cour de l'école. En regagnant sa classe, Olivier marche derrière Tek. Comme par défi, il pose un regard brûlant sur la nuque du garçon. Que penserait Tek s'il savait que le premier pilote de son super commando d'élite n'est nul autre qu'Oxy le

centaure, donc lui ! Mais Tek, qui a suffisamment de préoccupations, ne se soucie pas des
allées et venues du petit frère de Moli.

Ce matin, il a reçu un courriel de monsieur P
lui expliquant que les voyages dans le temps
n'existent pas… enfin, à part dans l'infiniment
petit, avait-il écrit, au niveau des atomes, et
encore, il ne s'agit que d'une théorie. Tek ne
pouvait donc pas venir du passé et n'était sûrement pas Jérôme. Mais, tout de même, ces
cartes postales fabriquées à Entropia…

Après l'école, Tek se rend au bureau de poste
en se disant que le facteur peut peut-être l'aider
avec cette histoire de fausses cartes.

Quand il arrive en vue de l'édifice ancien en
brique rouge, il se cache précipitamment.
Madame Rachel vient d'entrer dans le bureau
de poste. Bizarre ! Son enseignante aurait-elle
quelque chose à voir avec Jérôme ? Tek attend
qu'elle ressorte et s'éloigne avant d'entrer à son
tour.

— Bonjour, monsieur… heu… j'aimerais
parler au facteur.

— Pour vous servir, je suis le seul facteur à
des lieues à la ronde. Pas que je sois toujours
occupé, mais j'ai une petite clientèle fidèle, se
vante l'homme aux pommettes du même

rouge que celui de la brique de l'immeuble. Justement, ma cliente du jour sort d'ici à l'instant, vous avez dû la croiser.

« Madame Rachel », se dit Tek en laissant l'homme continuer son bavardage sans intervenir.

— Une régulière. Cette dame vient deux fois par semaine depuis septembre et, chaque fois, elle me remet un colis. Toujours de la même forme et du même poids. Très lourd d'ailleurs pour sa taille…

— Et qui en est le destinataire ? l'interrompt Tek, dévoré de curiosité.

Mais le facteur se rend compte qu'il a trop parlé. Il a tendance à être trop bavard, son petit défaut.

— Heu… secret professionnel. Mais que puis-je faire pour vous aider, jeune homme ?

Tek comprend qu'il n'apprendra rien de plus sur madame Rachel. Il explique au facteur qu'il cherche à se procurer des cartes postales.

— Hum ! Des cartes postales ! C'est assez rare de nos jours, vous savez… Vous pouvez essayer à la boutique d'antiquité du Vieux Timbré, située près des boulevards périphériques. J'ai l'adresse ici, tenez, la voici.

De l'autre côté de l'Atlantique, dans un endroit très inhabituel pour lire…

— As-tu fini ton livre ? demande Charly à sa sœur en chuchotant.

— Presque… Oh, regarde ! L'atelier se vide, on va enfin pouvoir bouger un peu.

Par les petits trous aménagés dans les tuiles du plafond, Magalie regarde Codjo passer sous elle, la mine basse. Les jumeaux auraient bien aimé rassurer leur ami et lui dire qu'ils sont bel et bien vivants – et non pas noyés, comme l'a prétendu l'abominable directrice ! –, sauf qu'ils ne peuvent pas le faire sans se trahir.

Aussitôt le dernier enfant sorti, Magalie déplie ses jambes et commence à ramper dans sa cachette. Ces longs moments d'immobilité la rendent dingue. Heureusement qu'ils ont pensé à apporter des livres pour tromper l'ennui.

La veille, quand tout le monde avait quitté le local pour se rendre aux dortoirs, Magalie et Charly en avaient profité pour mettre à exécution la première partie de leur plan d'évasion. Ils avaient grimpé sur la structure au-dessus de leur plan de travail, soulevé les tuiles du plafond, puis s'étaient glissés dans l'espace étroit de l'entretoit. Après avoir remis les tuiles en place – ni vus ni connus –, les jumeaux avaient disparu !

Charly et Magalie avaient soigneusement planifié leur coup. Depuis leur arrivée sur l'île aux Puces, à chaque repas, ils s'étaient servis des portions généreuses. Ils avaient ainsi réussi à mettre de côté du pain, des fruits, du fromage, des biscuits et de l'eau. Ce qu'il fallait pour survivre durant quelques jours, quoi ! Ils avaient aussi emprunté des livres à la bibliothèque de l'usine, volé des couvertures dans le dortoir et caché le tout sous les déchets électroniques qui s'empilaient dans un coin de l'atelier.

Les jumeaux venaient de passer la nuit dans l'entretoit et, depuis le matin, ils regardaient d'en haut le travail monotone du tri des déchets d'ordinateur fait par les enfants. Durant la journée, Yero, trop content d'avoir retrouvé sa place de casseur d'ordinateur, n'avait pas raté une seule occasion de se réjouir de la disparition du «pâlot».

– Pas Paulo, avait répliqué Codjo en serrant les dents de rage. Il s'appelle Charly !

– Je n'en peux plus, laisse échapper Charly avec impatience. J'ai hâte de sortir d'ici !

– Aussitôt qu'ils auront relâché la surveillance…

— On a bien fait d'aller mettre des débris de bois sur la plage. Comme ils nous croient noyés, les recherches vont cesser rapidement.

Charly s'installe en prévision de sa deuxième nuit dans cet épouvantable espace réduit. « C'est le pire moment à passer, se dit-il naïvement avant de s'endormir. La suite du plan ira comme sur des roulettes ! »...

Chapitre 7

Bonjour les sardines !

— Magalie, on peut y aller.

Pour l'instant, la salle de travail est déserte. Magalie et Charly profitent de l'heure du dîner pour mettre à exécution la deuxième partie de leur plan. Les jumeaux disposent dans leur couverture les effets qu'ils emportent et descendent sans faire de bruit dans l'atelier vide. Charly s'étire, courbaturé. En deux jours, ils ne se sont aventurés à l'extérieur de l'entretoit que rarement et seulement la nuit.

Ils choisissent une grosse boîte solide et la tirent à côté de celles déjà prêtes pour le départ. Pendant que Charly appose sur la boîte les étiquettes d'identification réglementaires et traficote quelques vis à l'intérieur, Magalie tapisse le fond avec plusieurs épaisseurs de plastique rempli de bulles d'air. Elle installe par-dessus couvertures et provisions : les jumeaux vont voyager en passagers clandestins !

— As-tu les lampes de poche et les piles de réserve ?

– Une tonne, tu parles !

Magalie entend des bruits qui se rapprochent.

– Vite, Charly ! Ils reviennent.

– J'ai une dernière chose à faire…

Déjà installée dans la boîte, Magalie s'impatiente. Ce n'est pas le moment de se faire pincer.

– Charly, vite !

Le garçon saute à côté de sa sœur et referme le couvercle de la boîte à la toute dernière seconde. Yéro vient d'entrer dans l'atelier ! Dans la grande salle de triage autour d'eux, le bourdonnement du travail reprend peu à peu.

Perdu dans ses réflexions, Codjo regarde sans entrain les pièces défiler devant lui. Soudain, son regard est attiré par un bout de papier qui dépasse d'une des piles de semi-conducteurs posés devant lui. Il tire dessus et lit avec étonnement : « Salut, les sardines vont voyager en boîte, à bientôt. Mg et Ca. » Suit une adresse de courriel. Le message provient de Charly et Magalie ! Le cœur battant, il met le précieux papier dans sa poche sans que personne ne le voit faire puis jette un coup d'œil autour de lui. Une des boîtes, prête pour la livraison, ne porte pas le sceau officiel en travers de la serrure. Il s'empresse de corriger la situation et – petite vengeance personnelle – demande innocemment à Yéro :

– Pourrais-tu m'aider à mettre cette boîte sur le convoyeur ? Elle est pleine à craquer et je n'arrive pas à la soulever.

Toujours à la recherche d'une occasion de mettre ses muscles en valeur, Yéro ne se fait pas prier.

– Pousse-toi de là, maigrichon ! Je n'ai besoin de personne.

Tout en soufflant et suant, le garçon finit par déposer la boîte sur le tapis roulant et, pendant qu'elle se dirige vers la sortie, Codjo tambourine à sa surface un joyeux petit rythme africain, une manière de souhaiter bon voyage à ses amis « sardines ».

Le visage illuminé par un grand sourire, Codjo regarde la boîte quitter l'usine « Les jumeaux sont incroyables, se dit-il, ils sont en train de réussir leur évasion ! »

Pendant que Charly et Magalie, tassés comme des sardines, quittent l'usine, madame Rachel a préparé une surprise pour le cours de géologie. Après les glaces polaires et les tremblements de terre, quoi de mieux qu'une petite éruption volcanique pour réchauffer l'atmosphère.

Un pan de mur et le plancher de la classe sont transformés pour l'occasion en écran géant.

— Regardez l'intérieur de la terre, sous vos chaises. Le manteau terrestre est mou. Le magma en fusion est tellement chaud qu'il fait même fondre la roche.

Très loin sous eux, les élèves suivent le lent mouvement du magma terrestre qui roule lentement sur lui-même. Sabine a le vertige.

— Ces mouvements agissent comme des roues d'engrenage et font même bouger les continents. Oh! Très lentement, rassurez-vous… Parfois, comme vous voyez ici, une partie de la roche en fusion parvient à s'échapper des profondeurs de la terre en remontant le long des cheminées naturelles, explique madame Rachel en désignant l'écran sur le côté. Sous la très forte pression, la matière en fusion jaillit alors du cratère en créant une éruption volcanique.

Le sol de la classe commence à vibrer sous les élèves pendant que le volcan crache avec force des bombes volcaniques, des gaz, de la cendre et de la lave. Des gouttes de roche en fusion se solidifient au contact de l'air et retombent comme une grêle noire. Les longues coulées de lave descendent des parois du volcan et recouvrent peu à peu le plancher de la classe.

Même s'il ne s'agit que d'images, Tom ne peut pas s'empêcher de soulever ses pieds, impressionné. Une coulée rejoint la mer sur le mur de gauche et s'y déverse en créant un geyser de vapeur. Les élèves sont tellement absorbés par le spectacle qui se déroule autour d'eux qu'ils ne sentent pas les vibrations annonçant la récréation.

En se rendant derrière le mur du gymnase, Éli tente de convaincre Tom.

— Puisque je te dis qu'Héli a trouvé un passage pour libérer les électrons !

— Hum… il y a quelque chose qui cloche. Pourquoi y aurait-il un passage qui partirait du pic d'Argon pour se rendre à l'usine d'*é* ? demande Tom avec méfiance. Ça ne tient pas debout, voyons !

Mais, penché sur l'Œil de cristal, Éli ne l'écoute déjà plus. La petite fille a *pouffé* dans le Mini-monde, impatiente de retrouver… son rêve !

MMMMMMMMMMMMMMMMMMMMMMMMm

Sur les flancs du pic d'Argon, prisonniers des maisons de rêves, Héli, Azote, Sodium, Antimoine et Plomb ne songent pas un seul instant à se sauver et encore moins à s'en inquiéter. Plongés dans ce qu'ils désirent le plus au Mini-monde et comblés, les cinq miniAtomix ignorent qu'ils viennent de tomber dans le plus diabolique des pièges : celui des illusions ! Pourquoi chercher ailleurs ce qui se trouve ici, à la portée de la main ?

Ressorti sans encombre de la maison, Hydro s'étonne de l'absence de ses amis.

– Héli ? Sod ? Qu'est-ce que vous faites ?

Il n'obtient aucune réponse. Le miniAtomix attend un moment puis revient voir Héli. La petite fée, sourire aux lèvres, vole en faisant du sur place au milieu d'une pièce vide. Elle ne le voit pas ni ne l'entend. Elle prononce des mots inintelligibles d'une voix qu'il ne reconnaît pas.

– Héli ? Qu'est-ce que tu fais ?

Il prend sa main et la dirige vers la sortie. La petite fée se laisse faire comme une somnambule. Mais, aussitôt qu'elle passe la porte, le charme est rompu et elle reprend conscience.

– Lâche-moi ! Je dois retourner là-bas ! proteste-t-elle en se débattant dans ses bras.

– Héli, il n'y a rien dans cette maison.

– C'est faux ! Il y a un passage secret pour sauver les électrons et…

– Écoute-moi, ce sont des illusions, tente-il de lui faire comprendre. Viens voir Sod si tu ne me crois pas.

Comme Héli peut le constater, debout au milieu de la pièce, la petite guenon bouge les bras dans le vide comme si elle passait d'une branche à l'autre. Dans la maison voisine, Antimoine ronfle, couchée sur un plancher de pierre. Dans la rouge, la très sérieuse Azote est installée à plat ventre et effectue de ridicules mouvements de brasse tandis que ses serpents, l'air béat, s'ébrouent dans l'eau imaginaire. Plomb, le castor, grignote un bout de bois invisible… La petite fée doit se rendre à l'évidence, Hydro a raison.

– Mais toi, pourquoi n'es-tu pas piégé par les maisons ?

– Je ne sais pas… Peut-être qu'elles me laissent passer justement pour que je puisse réaliser mon rêve.

– Et quel est-il ?

– En ce moment ? Rencontrer le maître du pic d'Argon !

Ainsi, grâce à ce rêve, Hydro est le seul capable d'entrer et de sortir des maisons sans danger. Après avoir libéré ses amis, le mini-Atomix poursuit avec eux son rêve, l'ascension du pic d'Argon.

Les prés verdoyants font place à un paysage aride et, lorsque la nuit tombe, ils cherchent en vain un endroit pour y passer la nuit. Autour d'eux, il n'y a que roches aux arêtes coupantes.

— Je ne suis pas un fakir, moi, se plaint Sod. Et je ne veux pas dormir debout.

Dans la pénombre, ils finissent pas dénicher un espace à peu près plat dont le sol est recouvert de petits cailloux ronds à peu près confortables. Ils décident d'y passer la nuit. Grave erreur !

Quand ils dorment à poing fermé, les roches sous eux déploient dans un mouvement synchronisé leurs fragiles pattes d'araignée et soulèvent les dormeurs de quelques millimètres au-dessus du sol. Elles se mettent en branle en marchant d'un pas parfaitement cadencé, tout doucement, sans donner d'à-coups afin de ne réveiller personne. Où donc les petites roches à pattes emmènent-elles les insouciants voyageurs ?

La nuit est tombée quand Cobalt émerge des entrailles de la terre. D'après le contremaître, ses amis seraient perdus ou coincés quelque part dans un des conduits du Réactron. Comment les retrouver alors ? L'androïde, qui respire avec plaisir l'air du dehors, remarque l'arrivée d'un véhicule transportant une é-mobile sérieusement endommagée, ainsi qu'un disque volant réduit en bouillie.

— Que s'est-il passé ? s'informe-t-elle auprès du chauffeur. Y a-t-il eu une attaque ?

— Pas du tout. Un bête accident causé par un des nouveaux sous la protection de Technétium. Il a embouti le seul rocher présent sur les plaines !

— Pourquoi le chef s'encombre-t-il d'un tel boson ?

— À cause de l'autre, un surdoué du disque volant, à ce qu'il paraît.

Un pilote d'élite avec un maladroit… Cobalt est certaine qu'il s'agit d'Oxy et de Chlore !

— Et… heu… Est-ce qu'il s'entraîne dans le coin, votre champion ?

— Non, pour le voir voler, il faut aller à Métapolis

Cobalt connaît maintenant sa nouvelle destination : Métapolis.

L'enveloppe qu'Oxy a remise à Rhodium a été immédiatement remise à un subalterne qui l'a remise à une responsable de l'imprimerie qui à son tour l'a refilée à un des imprimeurs qui… Bref, personne dans cette chaîne n'a pris la peine de vérifier et, pour finir, les affiches qui ont été placardées à la grandeur de la Zone présentent Ruthénium comme l'« espion recherché »!

Ruru, l'horrible mille-pattes gluant, est immédiatement devenu la proie des chasseurs de primes. Il a été harcelé, poursuivi, traqué, puis arrêté.

– Il s'agit d'une erreur, avait protesté le bourreau d'électrons à grands cris hystériques quand on l'avait finalement jeté en prison comme un vulgaire malfaiteur. J'exige de voir Technétium!

Mais pourquoi déranger le chef pour un traître, hein?

– Paraîtrait que l'espion a été arrêté.

Les rumeurs qui parviennent à Oxy lui font comprendre qu'il est temps de mettre les voiles. Dès que Technétium découvrirait que « l'espion » mis sous les verrous n'est pas Cobalt, ses soupçons se porteraient sur *son* pilote d'élite. En effet, qui d'autre que lui avait pu subtiliser le portrait-robot de Cobalt et mettre à la place celui de Ruthénium?

Sans perdre une seconde, le centaure va rejoindre Chlore dans le hangar abritant les disques volants. À cause de ses piètres performances de vol, l'éléphant est maintenant affecté au nettoyage des engins, pour son plus grand bonheur.

– Regarde comme il brille !

Chlore rayonne de plaisir devant le disque de son ami qu'il vient de polir avec soin.

– Au lever du jour, on décampe, laisse tomber avec brusquerie le centaure sans porter attention au travail de l'éléphant.

– Ah bon ? Mais… comment allons-nous faire ?

– Nous partirons en disque volant.

– Ah non ! Il est hors de question que je monte sur ces pastilles de malheur. Je préfère rester ici à les frotter.

– Tu n'auras pas besoin de voler, le rassure le centaure. J'ai ma petite idée.

La solution à laquelle pense Oxy le fait sourire malgré lui. « Oui, ça devrait fonctionner ! »

мммммммммммммммМММММММММММ

Tom et Tek, en évitant de se regarder mutuellement, sautent sur leur plaque anti-gravité et filent rejoindre Fanny et Actinia qui les attendent à la sortie de l'école.

– Ah non, les garçons ! supplie la vieille dame. Rangez vos planches flottantes et allons-y à pied tous les quatre. Comme au bon vieux temps !

Pour lui faire plaisir – et à leur plus grande honte ! –, Tom et Tek se rendent en marchant jusqu'à la Précieuse-Suture. Le trajet n'en finit plus.

Quand ils arrivent à l'hôpital, ils sont accueillis par une pluie de « Bonjour, Fanny ! ». Tout le monde ici la connaît.

– Vous n'avez pas besoin de moi pour votre examen, explique-t-elle aux garçons en les reconduisant dans une salle d'attente. On s'occupera de vous. Pendant ce temps, je vais accompagner Actinia à ses rendez-vous. Surtout, restez ensemble, on se rejoint ici tout à l'heure.

Personne ne parle dans la salle bondée. On pourrait entendre voler une mouche et Tom n'a surtout pas l'intention de briser ce silence en adressant la parole à Tek. Il regarde les minutes défiler sur la grosse horloge ancienne placée sur le mur devant lui.

– Antoine Thomas Bohr, salle numéro deux, annonce une infirmière. Votre ami peut vous accompagner.

« Ce n'est pas mon ami ! » proteste Tom sans prononcer une parole. De mauvaise grâce, les deux garçons suivent l'infirmière. Pression sanguine, cœur, poumon, petite goutte de sang… tout est normal et, cinq minutes plus tard, ils sont de retour dans la salle d'attente.

Les choses ne se passent pas aussi simplement quand vient le tour de Tek. Le cœur ? Les battements sont tellement espacés que le médecin reste un long moment suspendu à son stéthoscope. La pression sanguine ? Le docteur donne des petits coups sur l'appareil qui semble défectueux. Les analyses du sang ? Oh là là !

– Comment est-ce possible… une réaction turquoise, marmonne pour lui-même le médecin, perplexe. Jamais vu ça…

Puis, s'adressant à Tom.

– Heu… L'examen va être un peu plus long que prévu. Tu devrais retourner attendre ton ami à côté.

« Ce n'est PAS mon ami ! » s'objecte encore une fois Tom en son for intérieur.

Comme il n'y a plus de place assise dans la salle d'attente, Tom décide d'aller faire un tour. Sa mère lui interdit de traîner sur les étages quand il vient la visiter, mais cette fois-ci elle n'est pas là pour l'en empêcher… Poussé par la curiosité, il longe un couloir bordé de chambres et regarde avec curiosité les patients qui, à cette heure du jour, se promènent, la plupart avec une poche de sérum suspendue au-dessus de leur tête.

Tom sait qu'il ne devrait pas, que c'est formellement interdit, mais attiré malgré lui, il entre dans la chambre d'un homme qui repose immobile sur un lit. Est-il endormi, est-il… mort? La chambre est située au bout du couloir, à l'écart des autres. L'homme est peut-être contagieux…

– Monsieur? demande-t-il à voix haute.

L'homme ne réagit pas. En s'approchant du lit, Tom remarque l'aiguille qui traverse la peau de son bras et le bruit régulier de sa respiration: l'homme n'est pas mort. Il dort d'un sommeil profond, comme la Belle au bois dormant.

Tom pose une main sur le bras du paisible dormeur et ressent sur-le-champ une chaleur monter en lui. Il prend la main de l'homme dans la sienne et lit sur le bracelet qui entoure son poignet «N. Wheeler».

– Monsieur Wheeler? Dormez-vous?

Les yeux de l'homme commencent à bouger sous ses paupières. On dirait qu'il se réveille…

– Monsieur Wheeler, m'entendez-vous?

Un frisson parcours Tom. La main de l'homme serre la sienne faiblement. Le garçon vient pour parler à nouveau quand….

– Tom!

Faisant irruption dans la chambre, sa mère l'interrompt avec colère.

– Qu'est-ce que tu fais ici? Tu sais très bien que c'est formellement interdit.

– Je n'ai rien fait de mal, maman !

Elle le tire sans ménagement en dehors de la pièce.

– Tu n'as rien à faire ici. Tu devais rester avec Tek. Qu'est-ce qui t'as pris de venir déranger un malade ?

– Je ne dérangeais pas, maman ! Je lui tenais compagnie.

– On en reparlera plus tard. Actinia et Tek nous attendent dehors. Ah ! Quelle journée !

Dans la soirée, quand sa mère s'est enfin calmée, Tom lui demande :

– Qu'est-ce qu'il a, monsieur Wheeler ? Est-il contagieux ?

– Non… bien sûr que non… il est dans le coma…

– Mais… il m'a serré la main.

– Ne dis pas de bêtises, Tom. C'est absolument impossible !

A-t-il rêvé ? A-t-il vraiment senti la main de l'homme serrer la sienne ?

– Mais, maman, puisque je te dis qu'il m'a…

– Tom ! Je…

Voyant que sa mère se met à nouveau dans tous ses états, il change prudemment de sujet et demande :

– Et Tek ? Pourquoi ses examens étaient-ils si longs ? Est-il malade ?

– Non. Il est simplement, comment dire, un peu… heu… hors norme. Mais ne t'en fais pas pour lui, ton ami va très bien.

« Ce n'est PAS mon ami ! » se rebelle intérieurement Tom pour la millième fois de la journée.

Pendant que Tom, installé dans son lit douillet, sombre dans le sommeil, les jumeaux prennent leur mal en patience… Après avoir été charriés de tous bords tous côtés, la boîte dans laquelle ils sont enfermés s'est immobilisée. L'attente est insupportable. Où peuvent-ils bien être ? Que se passe-t-il dehors ? Malgré l'inconfort de la situation, la chaleur étouffante et l'incertitude, Charly et Magalie sont heureux d'avoir quitté l'île maudite.

Enfin, ils sentent qu'on les soulève à nouveau.

– Pas trop tôt…

La boîte se balance un moment dans les airs avant d'aller s'écraser durement, bong !, sur le sol. À l'intérieur, les jumeaux malmenés sont impitoyablement projetés contre les parois de leur prison. Peu après, la boîte et sa précieuse marchandise commencent à glisser d'un côté, puis, très lentement, se redressent avant de pencher de l'autre coté, pour ensuite reprendre leur position initiale…

– Si on se fie aux mouvements, nous venons de lever l'ancre !

– Profitons-en pour sortir de ce trou à rats.

Charly retire sans peine un des panneaux de bois qu'il a pris soin de dévisser avant leur départ. Les jumeaux s'aventurent ensuite entre les caisses empilées de manière compacte. Ils doivent se déplacer en se contorsionnant. Ils traînent avec eux leur baluchon et s'accrochent du mieux qu'ils peuvent à leur lampe de poche. Ni l'un ni l'autre n'aimerait se retrouver coincé ici dans le noir…

– Par où faut-il aller ?

– Comment savoir !

Magalie laisse échapper un petit cri.

– Est-ce que tu t'es fait mal ?

– Non. Je viens de voir passer un rat.

– Alors, suivons-le ! Il sait certainement comment sortir d'ici.

Les deux enfants suivent le rat qui renifle chaque boîte à la recherche de nourriture.

– Tu ne trouveras rien à te mettre sous la dent ici, mon vieux, à moins d'aimer grignoter le plastique et le métal !

– Mais si tu nous sors d'ici, tu auras droit à un festin, promet Magalie.

Comme s'il avait compris, le rat se met à trottiner plus rapidement et les emmène jusqu'à une cloison de métal en dessous de laquelle il disparaît.

– Voilà la sortie, un mur de fer… Qu'est-ce qu'on…

Magalie ne termine pas sa phrase, car elle vient d'entendre une voix de l'autre côté de la paroi.

– Maudite vermine, peste l'homme en lançant un objet lourd en direction du rat qu'il vient de surprendre.

Les jumeaux attendent que le marin s'éloigne. Puis, en poussant sur la porte du conteneur, ils réussissent à l'écarter de quelques centimètres. L'espace dégagé est amplement suffisant pour des contorsionnistes comme eux.

Quand elle est libérée, Magalie se retourne pour éclairer le mur de leur prison. Sur la paroi de métal, les jumeaux peuvent lire, écrit en lettres noires, un nom qui leur est familier : « Chimnex ». Ainsi donc, la compagnie, qui a racheté et détruit le parc-bulle, aurait joué un rôle dans leur enlèvement.

Un petit couinement attire l'attention de Charly. Assis sur ses pattes arrière, le rat semble attendre quelque chose.

– Je crois qu'il réclame son festin, fait remarquer Charly.

– Il l'a bien mérité.

Magalie tend au sympathique petit rongeur un gros morceau de fromage puis, accompagnée de Charly, ils partent à la recherche d'une cachette pour passer le reste du voyage. Ils s'installent dans un endroit isolé de la salle des machines, derrière des engins bruyants. Aussitôt après, Charly ressent un malaise.

– Quelque chose ne va pas ? demande Magalie.

– Je ne me sens pas bien. J'ai… j'ai le mal de mer !

Chapitre 8

Le drapeau Mouch

Perdu au milieu de l'océan, recroquevillé sous ses couvertures, Charly se demande si ce voyage infernal prendra fin un jour. Il n'en peut plus ! Magalie a beau lui expliquer qu'il ne doit pas rester couché, qu'il doit se forcer à manger pour lutter contre le mal de mer, mais la seule vue d'un biscuit le rend malade.

Ce n'est cependant pas le seul problème des jumeaux ; les réserves seront bientôt épuisées.

– Je dois trouver de la nourriture. Toi, ne bouge pas d'ici.

À contrecœur, Magalie abandonne son frère et commence à explorer le navire. Elle avance prudemment en se dissimulant, car elle n'a pas envie de se faire surprendre. Mais comment trouver les cuisines dans ce dédale de couloirs et de portes ? C'est alors qu'elle remarque la petite boule noire qui trottine derrière elle, son ami le rat !

Pour meubler sa solitude, Magalie parle au rat comme si elle s'adressait à un humain.

– Ah! Te voilà, toi! Tu dois savoir où trouver de la nourriture sur ce bateau.

À sa grande surprise, le petit rongeur accélère sa course et passe devant elle.

– Ma parole! On dirait que tu me comprends… Bon, je vais te suivre. Après tout, je n'ai rien à perdre.

Le rat avance en se dandinant joyeusement, emprunte des couloirs, tourne à gauche, à droite, ralentit, se retourne pour vérifier si Magalie le suit toujours, repart de plus belle. Finalement, il s'immobilise devant une lourde porte de métal.

– C'est ici?

Magalie se risque à ouvrir la porte et découvre la caverne d'Ali Baba! Sur les tablettes s'empilent conserves, biscuits, légumes, jus, sucre, friandises… Le rat tout heureux est déjà en train de grignoter une boîte de céréales.

– Merci, le rat!

Elle remplit deux gros sacs de provisions et prend le chemin du retour, mais avant de refermer la lourde porte…

– Alors, tu viens? demande-t-elle au rongeur. J'en ai pris pour trois.

Depuis quelques jours, les conversations vont bon train dans la cour de l'école des Zorbitals. Deux clans s'affrontent au sujet de cette histoire de poux qui a fait le tour de l'école en un clin d'œil.

– On ne devrait pas avoir le droit d'apporter des poux à l'école, désapprouve Tek, inconditionnellement appuyé par Rod.

– Mais puisqu'ils sont enfermés dans une boîte, ça ne dérange personne, argumente Radale, toujours prête aux compromis.

– On sait bien, toi! Avec les cheveux que tu as, tu n'as rien à craindre des poux.

Radale porte en effet les cheveux coupés si courts qu'on se demande si elle en a. Sa coupe rasée de près laisse voir sur la peau brune de son crâne presque chauve un curieux tatouage formé de « 0 » et de « 1 ».

– Tu n'y es pas du tout. Je suis d'accord avec Radale et je porte pourtant les cheveux longs, proteste Xéline la rouquine dont la chevelure couleur de flamme contraste avec la pâleur de sa peau.

Même si elles n'ont que dix ans, Radale et Xéline sont dans la classe des plus grands. Les deux amies surdouées se passionnent pour les discussions sans fin, justement comme celles sur les poux. Elles sont arrivées à la conclusion que chacun peut faire ce qu'il veut en autant que ça ne présente pas de danger pour les autres.

– Justement, il y a un danger… et si les poux s'échappaient ? riposte Tek.

– C'est impossible ! laisse échapper Moli qui a suivi la conversation avec malaise. Et, heu… par contre, si les poux meurent, ça porte malheur… Il faut penser à ça aussi.

Personne ne sait, à part Zorna qui est sa confidente, que Moli a des poux et qu'elle tremble à l'idée que sa colonie ne meure.

– Attention ! Nous, on parle de la liberté de chacun, spécifie la fille au crâne tatoué. Ça ne veut pas dire qu'on croit à cette histoire de poux porte-bonheur. N'est-ce pas, Xéline ? Au contraire, selon moi, c'est juste une histoire inventée. Ça ne veut pas dire que c'est vrai simplement parce que quelqu'un l'a dit. D'ailleurs, tout le monde peut inventer des histoires.

– En tout cas, moi, je ne me tiendrai jamais avec quelqu'un qui a des poux, conclut Tek en s'éloignant. Vous venez, vous autres ? On a à faire…

Zorna et Moli, qui ferment la marche, se regardent d'un air complice. Cette histoire de poux restera leur petit secret.

À une extrémité de la cour d'école, Tek fait briller dans sa main le Cylindre d'or alors qu'à l'autre bout, Tom, entouré de ses amis, se penche au-dessus de l'Œil de cristal. Ils *fuittent* et *pouffent* à qui mieux mieux et retrouvent, les uns et les autres, leur alter ego du Mini-monde…

MMMMMMMMMMMMMMMMMMMMMM

– Oh non! gémit Sod qui vient d'ouvrir un œil.

La petite guenon n'a que le temps de voir disparaître les petits cailloux ronds qui gravissent à toute allure la pente de sable coulant.

– …elles nous ont ramenés à notre point de départ!

En effet, durant la nuit, les taquines roches à pattes les ont gentiment reconduits au pied du pic d'Argon.

Ils reprennent la route mais, forts de leur expérience (ils connaissent d'avance les épreuves qui les attendent), ils progressent rapidement. La journée est encore jeune quand, aidés par Hydro, ils retraversent les maisons de rêves – seule Azote a supplié Hydro pour qu'il lui accorde quelques minutes, pour qu'elle puisse se tremper dans son fleuve. « C'est pour mes serpents, tu comprends? » explique-t-elle.

Ils entreprennent alors l'ascension de

falaises livrées aux quatre vents. Pour ne pas s'envoler dans les bourrasques, les miniAtomix suspendent à leur taille de lourdes roches qui ralentissent leur progression. Plus légère que les autres, Héli fait preuve de prudence et s'attache solidement sur le dos de Plomb. Aucun électron ne met le nez dehors, il va sans dire !

Plus haut encore, le vent se transforme en brise. Les miniAtomix peuvent enfin reprendre leur souffle et Héli sa liberté. Au-dessus d'eux, par contre, le sommet de la montagne est caché par un immense enchevêtrement de branches séchées et de brindilles, une sorte de plate-forme infranchissable aussi grosse qu'un nuage et qui leur bloque l'accès au sommet.

— Qu'est-ce que c'est, tu crois ?

— Aucune idée, mais le voyage se termine ici. On ne peut pas aller plus loin.

Héli explore minutieusement la paroi et découvre une ouverture qui ressemble à une grotte. Quand elle s'approche du trou noir, shoup !, elle est aspirée et disparaît dans la montagne.

— Héli !

Hydro, qui a déjà perdu suffisamment d'amis comme ça, s'élance derrière elle sans réfléchir et se laisse à son tour volontairement aspirer dans cette étrange cheminée de roc.

Poussé par le courant ascendant, il s'élève le long du tunnel noir. Il vole de plus en plus vite et utilise ses bras pour se maintenir au centre de la cheminée. À la fin, il est expulsé avec force à l'extérieur du conduit. Il s'élève dans les airs et, alors qu'il s'attend à retomber et à se fracasser tous les os sur les tranchants rocheux de la montagne, il atterrit en douceur au milieu d'un amoncellement de plumes douillettes. Hydro est assis dans un nid géant!

La cheminée rocheuse crache un après l'autre les autres miniAtomix. Ils ont tous décidé de suivre, même la très méfiante Azote.

– Maintenant que nous voilà au sommet du pic d'Argon, qu'est-ce qu'on fait? demande Sod en s'adressant à Hydro.

– En tout cas, impossible de repartir d'ici, conclut la méduse, penchée sur le bord du nid, ses serpents gigotant au-dessus du vide. Nous sommes piégés pour de bon!

– C'est un nid de quoi?

La réponse à la question de la petite guenon ne tarde pas à apparaître dans le ciel. Une ombre imposante leur voile tout à coup le soleil. Un aigle géant effectue de grands cercles menaçants au-dessus du nid. L'oiseau descend en vol plané le long d'une spirale imaginaire. Il grossit au fur et à mesure qu'il se rapproche et devient énorme.

En arrivant juste au-dessus d'eux, l'oiseau freine sa course en arrondissant ses ailes vers l'arrière et déploie ses pattes en pointant dans leur direction ses serres formées de quatre doigts féroces terminés par des ongles acérés.

Terrorisé, Hydro regarde les griffes redoutables foncer droit sur lui.

Oxy file à une allure affolante sur son disque volant. Il doit redoubler de vigilance, car il vole au ras du sol en frôlant les obstacles. Toutes les secondes, il jette un rapide coup d'œil à l'arrière pour voir si les métaAtomix sont à sa poursuite puis un coup d'œil pour vérifier si Chlore tient le coup.

– Oxyyyyyyyyyy !

Jusqu'à présent, l'éléphant ne s'en tire pas trop mal. Ce n'est pas l'idéal, assurément, mais celui-ci n'étant ni doué pour le pilotage de disque volant ni pour celui des é-mobiles, il avait bien fallu improviser…

Comme il lui a expliqué avant leur départ de Métapolis, Chlore n'avait qu'à suivre la route en utilisant deux manettes ; celle de droite pour tourner à droite et celle de gauche pour la gauche.

Plus facile à dire qu'à faire, car l'é-mobile de l'éléphant, solidement arrimée au disque volant d'Oxy, roule à une vitesse vertigineuse.

– Oxyyyyyyyyyy !

Par moment, l'é-mobile bondit et quitte même le sol comme si elle voulait s'envoler. L'éléphant se demande combien de temps encore il supportera ce train d'enfer…

Pendant ce temps, à Métapolis, Technétium fulmine. Une seule personne avait pu effectuer l'échange des portraits-robots.

– Qu'on arrête ce traître sur-le-champ et qu'on me l'amène ici !

Le chef des métaAtomix laisse exploser sa rage mais, en réalité, il ressent une profonde déception : son pilote d'élite l'a trahi !

– Chef, c'est qu'il est introuvable et… heu… il manque un disque volant.

– Quoi ? Mais qu'attendez-vous pour vous mettre à sa poursuite, bande de bosons ! Préparez l'escadron de combat, je prendrai moi-même la direction des opérations.

– Tiens bon, hurle Oxy pour encourager l'éléphant, nous arrivons en vue de la montagne Creuse.

Chlore pousse un soupir de soulagement et relâche un moment son attention. Gaffe fatale ! L'é-mobile quitte automatiquement la route et fait plusieurs tonneaux en s'enroulant autour de la corde qui la rattache au bolide d'Oxy. À l'intérieur du véhicule, Chlore se cogne au plafond, rebondit sur les côtés, retombe assis, repart en orbite…

– Aaaaaaaaaaahhh !

N'ayant pas d'autre choix, Oxy coupe la corde qui le relie au véhicule de Chlore. L'éléphant émerge sain et sauf de la carcasse immobilisée et marche en titubant vers la Bong ! « Ouf ! se dit le centaure soulagé. Chlore n'a rien. »

Mais, en regardant derrière, le centaure remarque qu'un escadron de métaAtomix se profile à l'horizon et fonce dans sa direction. « Il faut à tout prix que je les éloigne d'ici ! » se dit-il en ralentissant sa course jusqu'à l'arrêt. Heureusement, l'éléphant a rejoint la surface caoutchouteuse de la Bong ! et poursuit sa route en direction des Pechblendes.

En effectuant une marche arrière, Oxy se laisse volontairement rattraper par les méta-Atomix. L'escadron, formé par sept pilotes et

195

dirigé par Technétium, l'encercle. Le centaure, pris en étau, accélère sa course, forçant les métaAtomix à le suivre. Il les entraîne vers le nord et, quand il arrive au-dessus des bouillons des marais acides, il se laisse brusquement tomber en chute libre, prenant ses poursuivants par surprise. Oxy stoppe son véhicule à quelques millimètres des fumées corrosives puis, dans une accélération fulgurante, disparaît dans le ciel comme une fusée avant même qu'aucun métaAtomix n'ait eu le temps de réagir.

— Ce diable de pilote est aussi insaisissable qu'une anguille, peste Technétium, qui cherche à comprendre ce qui vient de se passer. Nous n'avons plus rien à faire ici. À l'heure qu'il est, il se trouve déjà loin. Rentrons à Métapolis.

Fendant l'air, le centaure revient en survolant la montagne Creuse. Il se dirige vers l'entrée des carbotubes en se cachant entre les pic rocheux et en descendant au fond des canyons. S'il le voulait, il pourrait être au Pays en un rien de temps et ramener ce magnifique bolide comme un trophée. Quelle victoire !

« Chlore n'a qu'à se débrouiller. Rien de plus facile, il n'a qu'à traverser la montagne Creuse en passant par les carbotubes. »

Mais ce n'est pas si simple, car l'entrée des carbotubes est sous haute surveillance. Oxy repense aux multiples gaffes de l'éléphant. « Il va se faire prendre et c'est moi qui serai blâmé… »

Le centaure atterrit dans une crevasse et recouvre de poussière son disque volant. Un jour, qui sait, il reviendrait chercher ce petit bijou… enfin, si les métaAtomix ne mettent pas la main dessus avant.

Quand il voit le centaure arriver à sa rencontre sur la Bong!, Chlore ne peut pas se retenir de sauter de joie

– Oxy! Je croyais que… que tu étais parti sans moi!

Mais bondir sur la Bong! comporte son lot de risque et l'éléphant catapulté atterrit brutalement sur la trompe.

– Les métaAtomix pourraient revenir. Essaye donc de rester sur tes pattes!

Ils poursuivent leur route en silence, ralentissant l'allure à mesure qu'ils approchent de la montagne Creuse. Arrivés aux abords de l'entrée des carbotubes, ils quittent la Bong! et s'approchent sans être vus. Comme prévu, la frontière fourmille de gardes.

– Nous allons nous cacher et attendre la nuit pour passer.

S'attendant à être transpercé d'un instant à l'autre par les griffes acérées de l'aigle, Hydro ferme les yeux très forts… mais rien ne se passe. Quand, courageusement, il se décide à les rouvrir, l'oiseau terrifiant est tranquillement installé sur son perchoir, au centre du nid. Posées sur son bec recourbé, l'aigle royal porte des petites lunettes dorées qui cachent un regard myope. Avec les ailes repliées, l'oiseau paraît beaucoup moins menaçant. Mais voilà qu'il s'adresse à eux dans un langage incompréhensible :

Si vous voulez rester, les règles vous devrez,
Poliment suivre tout en marchant dans
mes pieds.

— Qu'est-ce qu'il dit ? demande Sod à voix basse dans l'oreille d'Hydro.

— Je ne sais pas… on dirait une énigme. Il veut qu'on le suive…

— En marchant dans ses pieds… hum… il n'a même pas de pieds, il a des pattes !

— Chut, vous deux ! On vous entend même si vous chuchotez.

La méduse a raison. Dans ce nid construit comme une arène romaine, le son porte merveilleusement et l'aigle se tourne pour darder ses yeux perçants dans ceux de Sod.

*Au bout des jambes les pieds, pas toujours
ne sont.*
*Surtout les pieds des mots rimant avec les
sons.*

– J'ai compris, « les pieds des mots »… il ne
parle pas de pattes ou de vrais pieds, explique
Héli de manière savante, il veut dire les syllabes.
Pour marcher dans ses pieds, il suffit de parler
comme lui. En comptant les syllabes des mots.
Un pied par syllabe : *Sur-tout les pieds des mots
ri-mant a-vec les sons*, douze pieds, avec des
rimes au bout des lignes.

– Tu veux dire qu'il ne parle pas normalement, se moque Sod en imaginant des petits
pieds marchant délicatement sur les syllabes.

Malgré ses moqueries, la petite guenon se
prend au jeu et commence à compter les
syllabes sur ses doigts : « Se-rait-il dé-pla-cé…
heu… Se-rait-il dé-pla-cé de de-man-der
l'hon-neur… oh ! ça fait douze pieds. Ce n'est
pas si difficile que ça. » Avec un plaisir évident,
Sod cherche à compléter le vers, puis s'adressant à l'aigle, elle lui demande fièrement :

*Serait-il déplacé de demander l'honneur
Heu…
De visiter le nid d'un illustre seigneur ?*

— Bravo, ma petite, la complimente l'aigle…. Attendez voir…

Sans plus faire attention à elle, l'oiseau en équilibre sur une patte farfouille son plumage avec son bec et d'un geste leste, han !, il arrache une de ses plumes. En la tenant délicatement dans sa patte libre, il en trempe le bout dans un pot d'encre et commence à écrire sur un gros rouleau de papier situé près lui.

— Voilà, c'est noté, souligne-t-il avec contentement. Ton talent ne m'étonne pas, c'est dans la famille, comme qui dirait.

— Êtes-vous un maître d'Octet ?

— Argon, maître de la troisième famille, pour te servir. C'est aussi ta famille, espiègle petite guenon. Quel bon vent vous amène ?

À peine l'aigle a-t-il prononcé ces paroles qu'un vent se lève et fait tourbillonner les plumes qui tapissent le fond du nid.

— Oh, déjà ? Vite ! La nuit tombe. Le nid sera bientôt livré au vent mauvais…

Après leur avoir fortement suggéré de s'arrimer pendant qu'il en est encore temps, l'aigle déclame :

Et je m'en vais
Au vent mauvais
Qui m'emporte
Deçà, delà,

Pareil à la
Feuille morte.[9]

Les miniAtomix, qui n'ont pas du tout envie d'être emportés comme des feuilles mortes, s'attachent solidement aux sangles puis assistent, impressionnés, au grand déchaînement des éléments. De tous bords tous côtés, le nid est balayé par des bourrasques à écorner les bœufs, par des tourbillons impertinents, par des mini-cyclones turbulents et par des typhons moqueurs.

C'est évidemment le moment que choisit Mouch pour passer à l'action. Le petit électron a un don pour se mettre dans des situations impossibles. Ainsi, dès qu'il fait suffisamment noir, il sort en cachette de sa pochette restée ouverte. C'est qu'il a une importante mission à accomplir : l'élixir d'invincibilité ! Et pour ce faire, il a besoin de prélever un ingrédient caractérisant Argon, le maître d'Octet. Le vieux grimoire parle de ⊤⊥╀╁╟╚ [10], que l'électron a librement traduit par « petite pincée de matière invisible et légère ». Pas

_____

9. Tiré d'un poème de Paul Verlaine, *Chanson d'automne*.
10. Un truc facile pour comprendre l'électronais : ça se prononce comme ça s'écrit !

difficile de déduire qu'il s'agit du vent, avait-il conclu.

Mais il n'a pas sitôt mis le nez dehors qu'il est emporté comme un fétu de paille par une rafale du nord. Fort heureusement, le petit électron a pensé à s'attacher au fil d'Ariane. Le rouleau placé à l'intérieur de la pochette se dévide à toute vitesse et l'électron termine sa course à l'extérieur du nid, suspendu au-dessus du vide. Au prix d'un effort surnaturel, Mouch parvient à ouvrir la fiole qu'il tient solidement dans une main. Il la remplit d'un courant d'air, referme prestement le couvercle et… se rend compte qu'il lui sera impossible de remonter dans le vent, à contre-courant, sans lâcher la fiole.

Mouch n'a pas d'autre choix que d'attendre l'aube en claquant dans le blizzard comme un drapeau. L'électron sent qu'il perd son casque, oh non ! Il hésite un moment mais choisit malgré tout de ne pas lâcher la petite fiole…

MMMMMMMMMMMMMMMMMMMMMMMMMMMMM

Encore une fois frustré, Tek revient du Mini-monde en grognant et en pestant. Un escadron au complet qui se fait damer le pion par un seul pilote (mais quel pilote !). Ce qu'il ne veut pas s'avouer, c'est qu'il est profondément déçu par la perte de ce pilote prodigieux.

En attendant de régler les problèmes de la Zone, il a aussi à faire dans le Macro-monde. Tek doit trouver d'où proviennent les fameuses cartes postales que Jérôme envoie à sa grand-mère… Avant de rentrer chez lui, il se rend donc en ultrarapide à l'autre bout de la ville, dans le quartier des antiquaires. La boutique du Vieux Timbré est située au fond d'un cul-de-sac, dans un endroit presque désert. La boutique est entourée d'édifices si hauts qu'elle est plongée dans la noirceur, même s'il fait encore jour quand le garçon y entre.

Les vieilleries s'empilent dans le désordre le plus complet. Il n'y a aucun espace libre dans ce bric-à-brac indescriptible : vaisselles de cristal, argenterie, photos anciennes, livres, images, timbres, jouets en bois, en métal, en plastique, baladeurs, bidules électroniques, vieux téléviseurs, ventilateurs…

— Est-ce qu'il y a quelqu'un ?

Une voix lui parvient de l'autre côté du comptoir.

— Mais… je suis là, devant vous !

Un vieil homme aussi ratatiné que ridé apparaît. Sa tête ne dépasse pas le haut du comptoir qu'il vient de contourner.

— Que puis-je faire pour vous, jeune homme ?

Tek lui explique qu'il s'intéresse aux cartes postales anciennes.

– Ce n'est pas ça qui manque ici. Attendez…. voilà.

Après avoir fouillé dans une armoire, il dépose sur une pile de livres une boîte débordante de vieilles cartes postales : un pont en ruine, un vignoble, des dames en sari, une tour penchée… Sur certaines d'entre elles, Tek voit l'inscription qu'il a déjà remarquée sur les cartes chez sa grand-mère… « Fait à Entropia. »

– Seriez-vous intéressé par d'authentiques cartes postales anciennes n'ayant jamais servi ? demande Tek au vieil homme avec l'intention d'en apprendre un peu plus.

– Et comment ! J'ai un client très inté-ressé. Il réclame sans cesse des cartes postales vierges. Peu lui importe le prix ! Il écrit à sa vieille mère qui est plutôt vieux jeu, m'a-t-il expliqué. Je comprends la dame, j'aime aussi les vieilleries. Attendez… j'ai la carte d'affaires de ce monsieur ici. Il est justement passé cette semaine… Tenez, la voilà.

L'homme brandit la carte devant lui comme pour prouver qu'il dit vrai, mais ne la lui remet pas. En une fraction de seconde, Tek a cepen-dant tout enregistré.

– Oh !

Ébranlé, il se dirige vers la sortie de la boutique à reculons.

— Et pour les cartes postales, jeune homme ?

— Heu… je repasserai une autre fois.

Une fois à l'extérieur, Tek prend un moment pour retrouver ses sens. Les mots sur la carte de visite que lui a montrée le petit antiquaire sont comme imprimés au fer rouge sur son cerveau :

Dr Jérôme Plutor, Qi E
G2r45t-7, 3004e, Nord-nord-est
Entropia

Jérôme Plutor ! S'agit-il du Jérôme de sa grand-mère ? Comment en douter après autant de coïncidences. Pourquoi tous ces mystères ? Pourquoi Jérôme ne vient-il pas visiter Actinia s'il habite à Entropia ?

Sur le chemin du retour, en regardant défiler les quartiers périphériques, Tek se dit que son enquête progresse puisque, désormais, il sait où trouver Jérôme : au G2r45t-7, 3004e, Nord-nord-est.

Chapitre 9

Dédale et transmutation

– Charly, réveille-toi !

Magalie et Charly ont passé d'interminables journées, cachés derrière les machines bruyantes qui propulsent le bateau vers leur liberté. Sous le regard inquiet de Magalie, Charly, malade et vert, a dormi presque tout le temps. Pour se désennuyer, la petite fille a entrepris d'apprendre quelques trucs à son nouvel ami. Après des heures de pratique, le petit rongeur a fini par comprendre l'astuce ; pour faire apparaître de la joie sur le visage de Magalie, il doit, sans chercher à le dévorer, faire tenir un morceau de fromage en équilibre sur son museau en attendant son signal. Quand il entend le « hop ! », il doit relever brusquement sa tête pour projeter le morceau de nourriture dans les airs et le rattraper ensuite dans sa gueule en plein vol.

– Bravo ! s'exclame Magalie en tapant des mains quand il réussit son tour.

Ce qui rend le rat heureux à son tour !

Depuis quelques minutes, le bateau s'est immobilisé et les moteurs se sont tus, les plongeant dans un silence bienfaisant. Enfin !

– Charly, vite ! Il faut qu'on se barre d'ici.

Charly découvre avec plaisir que le bateau ne tangue plus.

– Je me sens déjà mieux. Plus de temps à perdre, on file. On laisse tout là. Ton rat se régalera.

– C'est que…

– Tu ne vas pas me dire…

– Je ne sais pas… il veut peut-être venir avec nous.

Magalie tourne la tête vers la petite bête assise sur ses pattes arrière, le museau tendu vers elle.

– Le Rat, il faut que tu te décides. Charly et moi, nous partons, lui explique-t-elle le plus sérieusement du monde. Alors voilà ce qu'on va faire, si tu veux venir avec moi, tu n'as qu'à grimper sur mon épaule, sinon…

Comment le petit animal pourrait-il la comprendre… Un peu anxieuse, Magalie se penche et tend son bras au rat. Il renifle un à un ses doigts, se tourne d'un côté puis de l'autre…

– Viens, Magalie, on ne peut plus attendre.

Juste comme elle vient pour renoncer, le rat étire ses petites pattes et commence à grimper le long de son bras. Arrivé sur son épaule, il renifle son cou, qui sent un peu la sueur, et s'y installe confortablement.

– Arrête, voyons, tu me chatouilles!

À pas de chat, les jumeaux longent les couloirs sans faire de mauvaises rencontres. Ils remontent lentement les étages jusqu'à l'air libre. Une fois sur le pont, Magalie et Charly regardent avec bonheur les milliers de grues du port qui s'élèvent dans les airs, comme une dentelle devant une mer de gratte-ciel se perdant au loin… Entropia! Jamais la ville ne leur a paru si belle!

– Regarde, le Rat, nous sommes de retour chez nous!

À l'aide d'une grue géante, les marins sont occupés à décharger la cargaison du navire. Les quais pullulent de monde.

– Impossible de passer… Il va falloir créer une diversion.

En vue de l'action qui s'annonce, Magalie installe le rat dans une de ses poches; seul son petit museau dépasse. Sans avoir à se concerter, les jumeaux se dirigent vers des barils empilés sur le pont du navire. Ils défont les sangles qui les retiennent et courent se cacher.

Dans la seconde qui suit, les barils libérés commencent à rouler dans toutes les directions et, boum! badam! plouf! plif!, dans un vacarme terrible, ils terminent leur course dans l'eau... Les hommes accourent immédiatement pour voir ce qui se passe.

Dès que la voie est libre, Charly et Magalie sortent de leur cachette, bondissent sur la passerelle et filent sur le quai sous le regard médusé du grutier qui, du haut de son perchoir, assiste impuissant à leur fuite.

Bien joué ! Les jumeaux ont réussi leur évasion. Ils décident de se rendre sans tarder à l'école des Zorbitals pour rassurer leurs amis.

Après les poux porte-bonheur, les conversations ont pris une étrange tournure à l'école des Zorbitals. La superstition a fait place à la magie.

– Ce n'est pas parce qu'on n'a pas d'explications que c'est de la magie, fait remarquer Xéline.

Tek est bien d'accord avec elle pour une fois et en profite pour se moquer de Claude qui gobe tout naïvement.

– Des balivernes pour faire peur au bébé. On pourrait lui faire croire n'importe quoi à celui-là.

— Un «gros» bébé, ajoute en riant Augusto, le fier-à-bras de Tek qui ne rate pas une occasion de ridiculiser Claude et son embonpoint.

— Il a raison de croire à la magie, intervient Nadine en se portant à la défense de son ami. J'ai la preuve que la magie existe et je peux le prouver. Je peux faire agir quelqu'un contre sa volonté.

— Peuh ! Tu ne seras jamais capable avec moi, proteste Tek.

— Je te mets au défi.

Nadine explique que, sans qu'elle le touche et, même s'il ne veut pas, elle est capable de le faire lever d'une chaise.

— C'est ce qu'on va voir, crâne Tek, pas du tout impressionné par le stupide défi de Nadine.

Nadine traîne une chaise jusqu'au centre de la cour d'école et le fait asseoir. Ils sont rapidement encerclés par des élèves de tous les niveaux.

— Avant que j'aie fait trois fois le tour de cette chaise, explique Nadine d'une voix forte pour être entendue de tous, tu vas te lever même si tu ne veux pas.

— Si je n'en ai pas envie, je vais rester assis, riposte Tek.

— Parfait. Es-tu prêt alors ?

— Oui.

– Je commence…

Nadine fait le tour de la chaise en prenant bien soin de ne pas toucher à Tek par mégarde. Le garçon ne peut pas s'empêcher d'être inquiet en se demandant ce que Nadine a en tête.

– Voilà, j'ai fait mon premier tour. Sens-tu quelque chose ? Des frissons sur les tempes ou des étourdissements ?

– Non, rien du tout, répond-il d'une voix assurée.

Nadine recommence son manège et fait le tour de la chaise en marchant cette fois-ci très lentement, l'air concentré, en faisant des grands gestes avec les bras et en marmonnant des mots étranges, comme des incantations.

– Deuxième tour fini. Es-tu bien certain que tu ne sens rien ?

– No… non.

Mais Tek ment ! Elle a raison, cette vipère. En réalité, il sent comme des picotements dans ses jambes, un besoin de bouger. Cette peste de sorcière est-elle en train de prendre possession de sa volonté ? Que va-t-il lui arriver ? Et si elle disait vrai ? Mais non, c'est impossible.

– C'est à partir de ce moment-là que les choses deviennent sérieuses, explique Nadine.

Pourquoi a-t-il accepté de se prêter à ce jeu stupide ? se reproche Tek qui sent la sueur couler sur son front.

– …parce que le troisième tour, je vais le faire… heu… l'année prochaine! jubile-t-elle en éclatant de rire. Ha! Ha! Ha! Qu'est-ce que tu dis de ça, Tek?

Furieux, il comprend qu'il s'est fait rouler. En plus, cette chipie a réussi à lui donner la chair de poule. Il serre les poings. Il sait bien qu'il ne peut pas rester assis sur cette satanée chaise indéfiniment. Elle l'a piégé et humilié devant toute l'école.

– Il faudra bien que tu te lèves un jour, se moque la petite-joueuse-de-tour. En attendant, bye bye! Nous, on part pour le Mini-monde.

Après avoir boudé un moment, Tek finit par se lever et va rejoindre ses acolytes. Il se vengerait tôt ou tard, ici ou dans le Mini-monde.

MMMMMMMMMMMMMMMMMMMMM

Au matin, le vent s'est calmé sur le grand nid d'Argon. Hydro trouve Mouch épuisé et pendouillant au bout du fil d'Ariane, en dehors du nid.

– Mon pauvre Mouch, qu'est-ce que tu fais là?

Il ramène le petit électron en tirant délicatement sur la corde.

– Mais tu as perdu ton casque!

En sentant posé sur lui le regard des autres électrons qui observent la scène, Mouch est mort de honte. Tout le monde peut voir son nez ! Depuis qu'il a eu cet horrible bouton en touchant la compote de pommes mal-malor, son nez n'est jamais revenu comme avant, et Mouch le déteste. Il tente maladroitement de cacher son visage, mais il ne veut pas lâcher la précieuse fiole. Et puis, après la nuit qu'il vient de passer, il n'a plus de force pour rien et s'écroule épuisé aussitôt qu'Hydro le dépose dans sa pochette.

Levé tôt, Argon fait plus ample connaissance avec Héli.

— C'était donc vous que j'ai aperçus sur la dune bleue. J'avoue que j'y suis allé un peu fort avec le vent, et tout, mais j'ai cru que j'avais affaire aux métaAtomix… Ils s'en prennent aux Pechblendes maintenant, vous savez ! Heureusement que vous vous en êtes tirés sans trop de mal.

Héli le dirige habilement sur le sujet qui l'intéresse, elle veut savoir qui sont les membres de la troisième famille d'Octet.

— Ma famille ? Attendez, je vais vous montrer…

Argon sort des très beaux dessins à l'encre qu'il a faits avec ses propres plumes.

– Voici mes petits! lui montre-t-il fièrement en récitant une formule étrange : « **Na**poléon **m**an**g**ea **all**ègrement **six** **p**oulets **s**ans **cl**aquer d'**ar**gent. »

– Vous dites?

– C'est une petite phrase pour me souvenir de l'ordre dans la famille, du plus petit au plus grand. D'abord Sodium, la petite guenon, avec son symbole **Na**. Puis Magnésium la panthère, Mg.

– Hé, Sod! Tu es de la même famille que Mag.

– Ensuite vient *allègrement*, donc Aluminium et son symbole Al, poursuit l'aigle royal. Puis Silicium, Si ; Phosphore, P ; Souffre, S ; Chlore, Cl et finalement moi, Ar pour Argon !

– Je connais cinq membres de votre famille, s'enthousiasme Héli.

En examinant le portrait de Chlore, son cœur se serre. Oh! Comme l'éléphant lui manque. En plus, quelle injustice ! Il rate sa chance de rencontrer son maître d'Octet, songe-t-elle.

– J'aimerais… Enfin, si je peux me permettre… pourrais-je emporter quelques dessins pour mes amis ? demande-t-elle à l'aigle. Ils n'ont pas pu venir et…

– Prenez tout ce que vous voulez! J'aime beaucoup mieux les dessiner que les regarder.

Même si elle n'en comprend pas bien le sens, Héli apprend la petite ritournelle en se disant que Chlore sera content de savoir qu'elle fait allusion à quelque chose qu'on mange.

– «Manger des poulets»… de quel genre de capsules s'agit-il au juste? s'informe-t-elle auprès d'Argon.

– Oh! Je l'ignore. Il s'agit d'un poème ancien qui vient, comme qui dirait, d'un autre monde. Autres mondes, autres mœurs!

– Vous ne possédez rien de plus… heu… disons, précieux? intervient Hydro en mettant fin à ce papotage familial.

S'ils avaient traversé toutes ces épreuves jusqu'à présent, ses amis et lui-même, se disait-il, il ne fallait pas oublier que c'était d'abord et avant tout pour qu'il puisse accomplir sa mission à lui: la recherche du *savoir*! Et, selon Ura, en tant que maître d'Octet, Argon en détenait une partie.

– Bien sûr! J'écris des poèmes aussi.

Il en donne à chacun. Hydro cherche à cacher sa déception et accepte en grimaçant. Le sien commence par: «Une lune sur la dune, une lame pour la dame, une lime pour la dîme…» Sans finir la lecture, le miniAtomix chiffonne le papier et l'enfonce dans une de ses poches.

– Mais quel serait, selon vous, la plus grande force dans le Mini-monde ? Je veux dire à part les mots… insiste-t-il.

– À part les mots ? Le vent, pardi ! Le vent qui érode les montagnes, agite les mers, soulève les dunes et permet de planer.

Durant la nuit, Oxy et Chlore ont préparé une petite diversion à l'intention des gardes qui surveillent l'entrée des carbotubes. Le moment est maintenant venu de déclencher le mécanisme.

– Es-tu prêt ?

Ils ont utilisé leurs survêtements de travail pour fabriquer une longue bandelette de tissu. Une des extrémités de cette corde entoure un morceau de bois qui retient un amoncellement de roches sur le flan de la montagne.

– À go…

« Go ! » Oxy tire sur la corde et les roches se mettent à dévaler la pente. Attiré par le bruit d'éboulis, les métaAtomix délaissent un instant l'entrée des carbotubes. Oxy et Chlore en profitent pour gagner en courant l'entrée des carbotubes et s'enfoncer dans le noir sans être repérés.

Chlore éprouve des difficultés et tombe à tous les deux pas.

— Aïe, ma trompe !

Sans patins, ils avancent de peine et de misère sur la surface ultraglissante des carbotubes. Fort heureusement, Oxy a pensé à emporter avec lui des lampes frontales. Encore heureux qu'ils ne soient pas plongés dans le noir total.

— Es-tu certain du chemin ? s'inquiète l'éléphant qui garde en mémoire les recommandations de Cobalt. « Ne jamais s'aventurer en dehors du couloir principal autrement… »

— Toujours tout droit.

Mais l'éléphant se fige soudain.

— Oxy, je… je…

— Quoi ? Qu'y a-t-il encore ?

— Je crois que… Je viens d'entendre quelque chose derrière.

L'éléphant a raison, un bruit s'approche d'eux. Les métaAtomix sont à leurs trousses !

Sans patins, ils n'ont aucune chance de semer leurs poursuivants…

— Accroche-toi à mon dos, nous allons accélérer la cadence.

Mais Chlore pèse de tout son poids, ce qui a pour effet de leur faire perdre pied à tous deux. Le bruit se rapproche. Les métaAtomix seront sur eux d'un instant à l'autre. C'est trop injuste d'être rattrapés si près du but.

— Suis-moi !

— Mais où vas-tu ?

Le centaure quitte le couloir principal et tourne dans un des petits couloirs latéraux des carbotubes.

— Oxy, tu es fou ! Sans guide passeur, nous allons nous perdre à tout jamais, rappelle-toi ce qu'a dit Cobalt.

— Vois-tu une autre solution ? Vite, ils arrivent !

« Personne n'en est jamais revenu ! » Le bruit est très proche à présent… Poussé par la peur, l'éléphant s'engage à son tour dans le couloir derrière Oxy. Agrippés l'un à l'autre, les deux miniAtomix tournent à gauche, à droite, puis à droite à nouveau… des couloirs semblables partent dans toutes les directions.

— Par où va-t-on maintenant, Oxy ?

— On va revenir sur nos pas en passant… heu… par là.

Mais, sans qu'il le sache, le centaure est déjà complètement perdu dans le dédale des carbotubes.

Argon n'a pas tort… la force du vent est phénoménale. Hydro se souvient du tsunami de sable qu'ils ont affronté dans le désert bleu. Il n'a jamais rien rencontré de plus puissant. Le miniAtomix commence à entrevoir quel genre de *savoir* il doit rassembler dans sa quête : Néon et le feu, Krypton et l'eau, Argon et le vent… Hydro est certain qu'il détient les trois premiers éléments du *savoir*. Ainsi, un jour, très bientôt espère-t-il, le *savoir* leur permettra d'affronter les métaAtomix et de confronter Technétium.

Le seul petit problème auquel les mini-Atomix doivent faire face à l'heure actuelle consiste à trouver comment sortir du nid.

— Ne vous en faites pas, je vais vous donner un coup… d'aile ! propose Argon.

— Mais nous sommes beaucoup trop lourds.

— Je ne ferai pas le travail tout seul, le vent m'aidera. Il en a l'habitude.

À l'aide de son bec agile, Argon assemble des brindilles et forme un grand triangle qu'il recouvre ensuite de tissu et de plumes. Il fabrique un nid assez grand pour contenir les six miniAtomix. Il le remplit de plumes et de duvet puis l'enveloppe d'un treillis de corde qu'il attache au triangle.

— Voici votre nacelle et votre planeur.

– Non merci, sans façon, pas question que j'embarque dans un nid portatif volant. Personne d'entre nous ne sait piloter ce genre d'engin, fait poliment remarquer Azote.

– Elle a raison. J'aime encore mieux tomber du nid que de m'écraser du haut des airs en plein milieu du Fourcuisant, renchérit Plomb le castor.

– Le pilote, ce sera moi, les rassure Argon. Nous allons voyager en étage, en double vol plané, si vous voulez. Je vais attacher le planeur au bout de mes serres.

À peine rassurés, ils montent tout de même à bord et s'entassent dans le nid. « *Et je m'en vais, au vent mauvais…* » Argon prend son envol et soulève sans peine la fragile embarcation et ses passagers. En quelques battements, il quitte le sommet de la montagne. L'aigle déploie alors ses larges ailes et se laisse descendre en planant, tirant sur les cordes pour diriger le vol du nid portatif. Sous le charme du vent et saoulés par les hauteurs, personne ne dit mot.

En un temps record, ils refont le trajet qu'ils ont parcouru si péniblement à l'aller, passant au-dessus des maisons aux illusions, puis du désert bleu… Sod frémit quand elle reconnaît de loin le désert de sel du Fourcuisant. Vu d'en haut, il ressemble à un grand miroir lumineux.

Malgré elle, la petite guenon ferme les yeux très fort. Puis, après avoir survolé les sables mouvants et son sirocco polisseur, ils arrivent en vue du village des Frontaliers du nord.

Mais Argon leur prépare un petit tour à sa manière. Dès qu'ils sont suffisamment près des palissades du village et des ballons dorés qui le surplombent, l'aigle ouvre les serres et… lâche les amarres !

Le petit planeur ainsi libéré poursuit seul son vol en direction du village.

– Argooon !

Calmement, l'aigle royal amorce un virage et, repassant à côté d'eux, déclame :

Allez, petits minis, sur les vents chauds planez
Glissant sur les ennuis, sans entrave filez !

« Glisser sur les ennuis, c'est vite dit ! » Hydro a l'impression que le planeur craque et commence à se disloquer. Des brindilles de bois se détachent du nid, les plumes volent à tout vent. Où vont-ils s'écraser ? Du haut des airs, il remarque que les abords du village grouillent d'animation.

La quarantaine est levée et, pour fêter l'événement, les miniAtomix ont organisé une fête des sables. Partout autour du village s'élèvent d'incroyables sculptures : châteaux, ponts, tunnels, personnages, électrons ou monstres imaginaires…

Le planeur se pose sur le sable, glisse en douceur jusque devant le village puis s'immobilise, le nez planté dans le ventre d'un aigle de sable géant. Argon! Bien visé! Hydro comprend qu'il s'agit d'un dernier clin d'œil du maître d'Octet…

Bondissant en dehors d'une tranchée de sable, Cal et Mag se dirigent vers la nacelle. Débordants d'énergie, leurs électrons les suivent en effectuant des pirouettes et des cabrioles. Sod saute la première hors du nid et court vers eux.

– À ce que je vois, vos électrons sont en pleine forme!

– Wow! Quel atterrissage! Il faudra nous montrer. Quel engin! On pourrait l'essayer à partir d'une des tours du village…

– Ou accrocher la nacelle à un des ballons…

Décidément, les félins ont besoin d'action.

– À propos, Mag, as-tu remarqué l'aigle qui nous a escortés jusqu'ici? demande Héli en s'adressant à la panthère.

– Comment le manquer!

– C'était Argon… ton maître d'Octet ! ajoute la petite fée sur un ton solennel. Et voici les portraits qu'il a faits de ta famille.

Honorée, Mag admire les dessins de son maître d'Octet.

– Tu es de la même famille que Chlore et Sod, souligne Héli.

La panthère, étonnée, regarde la petite guenon. Ainsi, elles sont sœurs toutes les deux.

Avides de tout connaître, les villageois s'agglutinent autour des nouveaux arrivants. On construit, en vitesse, une tribune d'honneur et des bancs de sable. Devant Protactinium, Thorium et la foule médusée, les rescapés du pic d'Argon racontent dans le menu détail les aventures qu'ils viennent de vivre.

– J'imagine que votre prochaine étape sera la visite des marais acides… conclut Thorium quand ils ont terminé. Je ne comprends pas comment un maître d'Octet peut arriver à vivre dans un lieu pareil.

Plus tard, quand elle parvient enfin à fausser compagnie à Iode – le dauphin a insisté pour lui faire visiter tous les recoins de son immense hôpital de sable –, Sod rejoint discrètement Cal le chat.

– Tiens, fait-elle en lui tendant un morceau de bois sculpté. Je t'ai rapporté un souvenir.

– Oh! Comme c'est joli. Mais… c'est toi!

Il s'agit de la sculpture que Plomb a donnée à la petite guenon dans le désert bleu. Entre les mains du chat, elle serait précieusement conservée.

Pendant que la fête des sables bat son plein, Oxy et Chlore, qui errent dans le dédale des carbotubes, ne savent pas où aller.

« Encore des conduits de malheur comme dans le Réactron, peste intérieurement le centaure. Nous sommes perdus, ces couloirs sont tous pareils. Sans ces satanés poursuivants… »

Oxy aurait été catastrophé d'apprendre l'identité de ces « satanés poursuivants »… Le bruit qui les a effrayés, Chlore et lui, ne provenait pas de métaAtomix lancés à leur poursuite comme il le croyait, mais plutôt de sa Cobalt bien-aimée!

L'androïde était arrivée à Métapolis un peu après leur fuite. Toutes les forces de la ville étaient sur le qui-vive et on lui avait expliqué qu'un traître avait filé à bord d'un disque volant. En apprenant la nouvelle, Cobalt avait compris qu'elle n'avait plus rien à faire dans la Zone et avait décidé de rentrer au Pays. Elle avait « emprunté » une é-mobile et rejoint les carbotubes. Poursuivant son chemin en direction du Pays de Möle et remplie de bonheur à la pensée de retrouver Oxy, l'androïde ne s'était pas doutée – et ne se doutait toujours pas – que sa présence dans les carbotubes allait provoquer la perte de ses amis. Quel gâchis !

– Oxy, on dirait qu'on tourne en rond… Qu'allons-nous devenir ?

– Ce n'est pas en se plaignant qu'on va arriver à quelque chose. Tiens, prends une capsule d'énergie. J'en ai fait une provision avant de partir.

Le moral de l'éléphant remonte en flèche. Après l'explosion de la capsule, il avance avec une ferveur nouvelle quand soudain…

– Oxyyyyyyyy !

Il perd pied. Le centaure n'a pas le temps de réagir car, l'instant suivant, il tombe aussi. La descente en chute libre rappelle au centaure celle qu'il a faite dans les Badlands. Il se demande, inquiet, s'il ne vient pas de tomber dans une flûte qui rend fou.

La glissade dure longtemps, longtemps. Puis, contre toute attente, il débouche en plein ciel… Le ciel? Sous la terre? Par quel prodige est-ce possible? Oxy, qui tombe du ciel, voit Chlore terminer sa course, ploutch!, en s'enfonçant dans une mer rouge sang. Quand à son tour il fend l'eau écarlate, le centaure se demande si c'est ainsi que se termine l'existence des miniAtomix. Viennent-ils de subir ce que les anciens appellent la grande transmutation?

MMMMMMMMMMMMMMMMMMMMMMMMMMM

— Olivier, où sommes-nous?

— Je ne sais pas… mais pas un mot de tout ceci à personne, hein!

Claude n'a pas l'occasion d'ouvrir la bouche, car une clameur de joie se répand dans la cour de l'école comme une traînée de poudre : « Magalie! Charly! » En un instant, les jumeaux qui viennent de franchir la bulle sont encerclés et bombardés de questions. « D'où venez-vous? » « Que s'est-il passé? » « Comment avez-vous fait? » « Oh, regardez! Il y a un rat dans la poche de Magalie. »

Comme c'est l'heure du dîner, Éli et Tom font une place aux jumeaux autour de la table de pique-nique et, pendant qu'apparaissent devant eux des plats fumants qu'ils dévorent à belles dents – poulet au miel, spaghetti, salade aux mille légumes : ils n'ont rien mangé d'aussi bon depuis des jours ! –, Charly et Magalie font un résumé de leurs péripéties.

– Hein ? Vous étiez en Afrique pour vrai ?

Ils décrivent leur enlèvement, leur arrivée à l'île aux Puces, parlent de leur nouvel ami Codjo et de cette horrible usine de récupération qui exploite les enfants, racontent comment ils ont réussi à s'en échapper, la traversée en bateau et finalement leur retour à Entropia.

– Et voici le Rat ! Il nous a aidés à survivre sur ce bateau de malheur de la compagnie Chimnex.

Magalie dépose le petit rongeur sur la table. Il trottine entre les assiettes en se régalant des miettes.

– Encore Chimnex, laisse tomber Éli d'une voix lugubre.

Magalie dépose un morceau de fromage sur le museau du rat. Il reste debout sur les pattes arrière sans bouger. Quand la petite fille lui fait signe, hop !, il balance la tête et rattrape le fromage en plein vol. Que ne ferait-il pas pour faire sourire cette petite fille si gentille…

– Comme il est mignon ! s'extasie Nadine qui s'est prise d'amitié pour le petit rongeur et lui caresse le dos. Comment avez-vous fait pour le faire entrer à l'école ?

– La bulle, en détectant la présence du rat dans la poche de Magalie, a hésité à la laisser passer…

– Mais Charlie a arrangé les choses vite fait. En pianotant sur le clavier de contrôle de l'ordinateur, il a implanté dans le système informatique un document officiel signé de la main de la directrice en personne et qui stipule que « dans le cadre d'un travail scolaire, Magalie Banckou-Lee est autorisée à faire entrer à l'école un *Rattus rattus*, communément appelé rat noir ».

La vibration annonçant la fin du dîner se fait sentir. Les enfants retournent dans l'école en bavardant et riant, heureux d'avoir retrouvé leurs amis.

– Au fait, Magalie, je crois que tu as perdu ceci.

Nadine remet discrètement à Magalie la boucle d'oreille qui lui sert aussi de clef mémoire pour ordinateur.

– Oh merci ! Il y a de cela une éternité… fait-elle remarquer en se souvenant qu'elle a laissé tomber sa boucle d'oreille au parc-bulle au moment de son enlèvement. Je suis bien contente que tu l'aies retrouvée.

– Bonjour, madame Rachel ! lancent les jumeaux à l'unisson en entrant dans la salle de classe

– Charly ! Magalie ! Quel plaisir de vous revoir ! Avez-vous fait un bon voyage ?

– Une croisière de rêve suivie d'une visite dans une colonie de vacances avec des activités originales de bricolage à partir de… heu… de pièces d'ordinateurs recyclés et tout…

– Quelle bonne idée !

Madame Rachel se laisse gagner par l'enthousiasme qui règne dans la classe. Elle décide de suspendre les cours et d'organiser une fête du bricolage pour le retour des jumeaux qui, semble-t-il, ont manqué à tous.

Charly et Magalie retrouvent avec plaisir leur salle de classe et leur pupitre de travail.

Deux messages attendent Charly dans sa boîte de courriels. Le premier message lui cause un immense plaisir. Codjo lui écrit qu'il est rentré à la maison. Charly lui répond sur le champ : « Mission accomplie, nous sommes sains et saufs et de retour chez nous. »

L'autre message est de ses parents. Oh !

– Magalie !

Sa sœur le rejoint immédiatement et, penchée sur son épaule, elle lit le message de ses parents ; ils reviennent pour une semaine et arrivent ce soir même. Quel bonheur ! Ils dormiront tous à la maison.

— Et pour le Rat ?

— On dira que c'est pour un travail scolaire.

Éli se réjouit en pensant que les jumeaux sont finalement chez eux avec leurs parents. Elle aussi est en compagnie des siens. Il est très rare qu'ils soient ainsi tous à la maison en même temps. Tendrement enlacés, Paula et Thor regardent la fin du bulletin de nouvelles pendant qu'Éli dessine sur une table basse à leurs pieds. Elle fait un croquis d'Azote avec ses cheveux de serpents. Elle a décidé de reproduire le plus fidèlement possible les miniAtomix, tels que vus par Héli dans le Mini-monde. Elle va fabriquer des petites cartes en couleur, une pour chaque membre des trois familles d'Octet.

— C'est joli ce que tu dessines là, ma puce, la complimente sa mère.

Le générique de *Partout sur terre et en dessous* se fait entendre. L'émission animée par les célèbres explorateurs, Ya-Ching Lee et N'yad Banckou – nuls autres que les parents des jumeaux – va commencer.

— Au fait, comment vont les jumeaux ? demande Paula à sa fille.

Éli pense à l'histoire troublante que ses amis ont racontée et au rôle de Chimnex dans toute cette affaire… Elle se demande si elle doit ou non en parler à ses parents. Se pourrait-il qu'ils sachent déjà, pour les ordinateurs recyclés et les enfants de l'île aux Puces ? Et s'ils savent, pourquoi ne font-ils rien ? Éli décide de se taire…

— Inspecteur Ohms, nous avons reçu des signaux de pisteurs relâchés dans les souterrains du parc-bulle.

— Laissez-moi deviner. Ces signaux proviennent d'un regroupement de pisteurs à l'école des Zorbitals et un autre dans le logement des jumeaux.

— Comment le savez-vous ?

— Facile, comme les jumeaux sont allés dans les souterrains, les pisteurs qui ont choisi leurs molécules « odeurs » ont remonté leur piste.

— Mais ce n'est pas tout, chef. Nous avons aussi capté des signaux moins intenses en provenance d'autres endroits en ville.

— Ah oui ? Et d'où ?

— De différents appartements du secteur. Nous avons contacté les propriétaires mais, étrangement, la plupart d'entre eux sont absents en ce moment, partis en voyage d'affaires ou en vacances…

– Bizarre, bizarre, en effet… Pourquoi les pisteurs se seraient-ils arrêtés dans des logements vides ? Quel rapport avec le parc-bulle ?

FIN ? (temporairement…)

Table des matières

Qui est Dē Bergeron ?

Un des secrets de Dē Bergeron est qu'il s'agit en fait de deux personnes : Dominique et Éric. Ils sont frère et sœur et, depuis qu'ils ont découvert le Mini-monde, ils écrivent ensemble les aventures des miniAtomix.

Dans le Macro-monde, Dominique est aussi une scientifique. Après avoir mené des recherches sur des sujets aussi passionnants que le cancer, les maladies virales et la génomique, elle a plongé dans l'univers fantastique des mots. À sa grande surprise, elle a découvert à quel point la science est une source d'inspiration inépuisable pour l'écriture. En fait, dans les deux cas, le grand moteur reste le même ; une liberté de pensée absolument nécessaire à la créativité.

Entre deux voyages dans le Mini-monde, Éric travaille comme traducteur. Il vit présentement à Madrid, en plein cœur de l'Espagne.

Macro-monde…

   …et Mini-monde

Enfants	**Les miniAtomix**		
Aragon	Argon	aigle	Ar
Césarine	Césium	souris	Cs
Charly	Cal (Calcium)	chat	Ca
Claude	Chlore	éléphant	Cl
Éli Berzélium	Héli (Hélium)	fée	He
Flo	Fluor	fantôme	F
Krypt	Krypton	canard	Kr
Lili	Lithium	licorne	Li
Magalie	Mag (Magnésium)	panthère	Mg
Nadine	Sod (Sodium)	guenon	Na
Nazora	Azote	méduse	N
Néron	Néon	dragon	Ne
Olivier	Oxy (Oxygène)	centaure	O
Pablo	Plomb	castor	Pb
Sabine	Antimoine	pieuvre	Sb
Tom Bohr	Hydro (Hydrogène)	garçon	H

Enfants	**Les métaAtomix**		
Augusto	Or	tyrannosaure	Au
Coralie	Cobalt	androïde	Co
Moli	Molybdène	coquerelle	Mo
Nic	Nickel	robot	Ni
Rod	Rhodium	scarabée	Rh
Ruther	Ru-ru (Ruthénium)	mille-pattes	Ru
Tek	Technétium	scorpion	Tc
Zorna	Zirconium	araignée	Zr

Adultes	**Les radioAtomix**		
Actinia	Actinium	vieille femme	Ac
Fanny Bohr	Francium	femme	Fr
Paula	Protactinium	femme	Pa
Thor Berzélium	Thorium	homme	Th
You Bohr	Uranium	vieil homme	U

Carte du Mini-monde

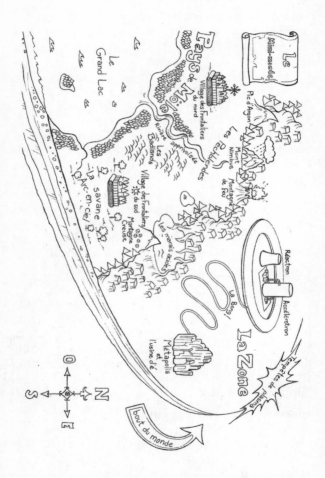